孙犁

孙犁作品
插图本

铁木前传

张德育插图本

张德育
孙犁
插图
著

人民文学出版社

图书在版编目（CIP）数据

铁木前传张德育插图本/孙犁著；张德育绘. —北京：人民文学出版社，2022

（孙犁作品插图本）

ISBN 978-7-02-015310-7

Ⅰ.①铁… Ⅱ.①孙…②张… Ⅲ.①中篇小说—中国—当代 Ⅳ.①I247.5

中国版本图书馆CIP数据核字（2022）第035339号

责任编辑　杜　丽　陈　悦
装帧设计　刘　静
责任印制　王重艺

出版发行　人民文学出版社
社　　址　北京市朝内大街166号
邮政编码　100705

印　　刷　三河市鑫金马印装有限公司
经　　销　全国新华书店等

字　　数　56千字
开　　本　850毫米×1168毫米　1/32
印　　张　4　插页8
印　　数　1—3000
版　　次　2022年8月北京第1版
印　　次　2022年8月第1次印刷

书　　号　978-7-02-015310-7
定　　价　48.00元

如有印装质量问题，请与本社图书销售中心调换。电话：010-65233595

张德育在创作中

怀念插图①

铁　凝

　　在我童年和少年的阅读记忆里，小人书和带插图的小说占有很重要的位置。比方六十年代看贺友直先生绘制的连环画《山乡巨变》，有一个中间人物名叫亭面糊的与人喝酒，画面上两人围一张破方桌，桌中央一碟下酒菜。那碟中的菜不过是贺友直先生随意画出的一些不规则的块状东西，却叫我觉得特别香，引起我格外强烈的食欲。这可笑的感觉一方面基于那个物质匮乏的年代；另一方面由于我对"吃"的特别敏感，因而忽略了贺友直先生在连环画创作上的艺术造诣本身。但不管怎样，连环画《山乡巨变》已被我牢记在心了。又比如少年时读前苏联

---

① 本文系作者 2002 年孙犁先生逝世后所作。现经作者同意，作为"孙犁作品插图本"丛书的总序。

很多带插图的惊险小说，觉得正是那些画得很"帅"的插图帮了我和小说的忙，使我能够更加身临其境，对特务和"好人"有了如看电影般的直接认识，也使小说变得更加生动而有光彩。

我第一次读孙犁先生的中篇小说《铁木前传》是在二十岁以前。这部四万五千字的小说，在一九五九年被新成立的百花文艺出版社以带彩色插图的单行本出版，且分精装和平装两种版本，这在当时是很高的规格了。我读的是平装单行本，当时除了被孙犁先生的叙述所打动，给我留下深刻印象的便是画家张德育为《铁木前传》所作的几幅插图。其中那幅小满儿坐在炕上一手托碗喝水的插图，尤其让我难忘。

小满儿是《铁木前传》里的一个重要女性，我一直觉得她是孙犁先生笔下最富人性光彩的女性形象。单用艳丽、风骚不能概括她，单用狡黠、虚荣不能概括她，单用热烈、纯真更不能概括她，因为她似乎是上述这种种形容词的混合体，而作家在表现她时也是用了十分复杂的混合情感。画中的小满儿，在深夜来到住在她家的干部屋里，倚坐在炕上毫不扭捏地让干部给她倒一碗水。深夜的男女单独相处，村人对她的种种传闻，使干部对她心生警惕。然而她落落大方地与干部闲聊，探讨怎样才能了解人的内心。这时她的眼光甚至是纯净的，没有挑逗的意味，虽然在这个晚上她美艳无比，头上那方印着牡丹花的手巾，那朵恰巧对在额前的牡丹花给整个的她笼罩上一层神秘而又孤傲的色彩，使人想到，在轻佻和随便的背后，这女人的情感深处也有着诸多的艰难和痛苦。在这插图的下方，有一行小说中的文字："了解一个人是困难的，至少现在，他就不能完全猜出这位女人的心情。"

张德育先生颇具深意地选择并刻画出孙犁先生赋予小满儿的一言难尽的深意，他作于上世纪五十年代的这幅插图的艺术价值并不亚于孙犁先生这部小说本身。我一向觉得，中国画和油画相比，后者在表现人物深度上显然远远优于前者。但张德育先生的插图，用着看似简单的中国笔墨，准确、传神地表现出一个文学人物的血肉和她洋溢着别样魅力的复杂性格，实在让人敬佩。中国至今无人超越张德育这几帧国画插图的高度，他自己也未能再作超越。

我那本带插图的《铁木前传》在几次搬家中丢失了，一次朋友相聚，我的同事、诗人刘小放听说我在寻找《铁木前传》插图，慨然将自己珍藏的精装本《铁木前传》"献"了出来借我为插图拍照。我把刘小放这本《铁木前传》带回家，除了再次重温孙犁和张德育的感人至深的艺术，也了解到一个喜爱他们的诗人的情感：这书的扉页上有一行稚嫩的钢笔小字：一九六二年购于黄骅。衬着这小字的，是他的一枚印章。翻开小说，随处可见在一些段落中，在一些他认为精彩的句子下边用铅笔画出的重点线。那时的刘小放尚是一个不到二十岁的青年，但这青年对文学的虔诚，在这本书里也略见一斑了。

前不久我终于和久未联系的张德育先生通了电话，他现居天津，因为和我父亲是多年的朋友，我称他张伯伯。从张德育伯伯那里我得知，《铁木前传》的插图原作在上世纪六十年代那场文化浩劫中全部被毁掉了，他本人也为此吃了很多苦。提起这些往事，他有些黯然，当我把话题引向当年创作这些插图的情景，他才又兴奋起来。那是五十年代末，他刚从中央美院毕业，分配到百花文艺出版社，一次读到《铁木前传》，立刻被打动，向领导提出要为这小说作插图，并专门到冀中乡村体验生活。虽然他也是出身乡村，在他心中，也存有小满儿这样的女孩子的形象的，可他还是一丝不苟地到了有别于他山东老家的冀中平原。他还讲到，作品完成之后他去孙犁家听意见，孙犁兴奋地招呼老伴出来，然后他们两人一块儿问张德育：你是不是见过小满儿？

张德育没有见过小满儿，但孙犁夫妇的惊讶已经把他的成功告诉了他。我很少听见作家对插图画家的认可，我也深知画家能画出作家心中珍爱的人物的不易，但是张德育做到了，他画出了孙犁心中的小满儿，不凡的《铁木前传》因此具有了更加非凡的意义。

　　在今天，我们生活在媒体爆炸的时代，电视、网络和各种影像让人目不暇接。插图和小人书已经离我们远去。我怀念这些在今人看来经济效益低下，又是"费力不讨好"的绘画品种，不单是对童年的追忆，那些优秀的插图和小人书永远会有它们独立的价值，它们不是机器的制造，而是出自人心的琢磨和人手的劳动，因此散发着可嗅的人间气息，也真正有作者的血肉和他所塑造的形象的血肉饱满的混合。

目　录

孙犁的《铁木前传》和张德育的插图

刘运峰

在学术界，人们往往将十年浩劫作为孙犁创作的分水岭，前期的创作可以用自然、清新、质朴来概括，后期的创作可以用隽永、深沉、老到来形容，两者之间固然存在着一定的承接性，但却有着明显的不同。

如果问，孙犁前期最重要的一部作品是什么，最为经典的作品是什么，能够在中国当代文学史上占有一定分量的作品是什么，可以毫不犹豫地回答：是他的中篇小说《铁木前传》。

《铁木前传》是孙犁投入精力最多的一部小说。他平生唯一的一部长篇小说也是部头最大的作品《风云初记》，从动笔到基本完成，用了将近四年的时间，篇幅为二十七万字；而《铁木前传》只有四万五千字，其写作过程却超过了三年！

1949 年 1 月 15 日，天津回到了人民手中，孙犁随解放大军来到《天津日报》，成了报社的一名编辑，从此就没有离开过。孙犁对城市生活是陌生的，他有许多不适应。尤其是进城之后的"人和人的关系，因为地位，或因为别的，发生了在艰难环境中意想不到的变化"。孙犁想起了过去的朋友，想到了童年时期的经历。晚年的孙犁，曾在一首《题照》诗中描述了自己当时的心情和处境："曾随家乡水，九曲入津门。海河风浪险，几度梦惊魂。故乡夜月明，天津昼夜昏。乌鹊避地走，不得故乡音。"他创作的源泉在农村，擅长的是农村题材的小说和散文。"羁鸟恋旧林，池鱼思故渊。" 1952 年初冬，他向报社请了长假，来到了河北省安国县的农村。

安国，古称祁州，为药材集散之地，是北方有名的"药都"，也是孙犁的第二故乡。在他十一岁的时候，就随父亲来到安国县城，考入高级小学，度过了两年的时光。那里的风土人情，给孙犁留下了深刻的印象。

孙犁到安国的第一站是县城北部五十里的于村，之后又到了县城南部十二里的长仕村。在这两个村庄，孙犁遇到了他童年时期熟悉的老一代人，结识了正在成长起来的新一代年轻人。通过实地走访、观察，敏感的孙犁开始发现，经历过土改之后，人际关系发生了明显的变化，尚处在萌芽状态的农村合作化运动，也给人们的生活、精神带来了影响。

大约半年之后，孙犁回到天津，他除了写作《风云初记》第三集之外，还根据下乡的所见所闻写了《杨国元》《访旧》《婚俗》《家庭》《齐满花》等散文，以"农村人物速写"为题，陆续发表在《天津日报》，这可以说是孙犁为写作《铁木前传》所做的前期准备。

1953 年夏天，孙犁开始了《铁木前传》的写作。小说从童年时期对铁匠和木匠的印象写起，逐渐深入到社会生活的变迁所引起的人际关系的变化，年轻的一代在面对新社会、新生活所做出的选择。尽管孙犁在创作上已趋于成熟，而且《村歌》《风云初记》的发表给孙犁带来了很高的声誉，他的写作条件也有了明显的改善，但是，这部小说却写得异常艰难，几乎倾注了他的全部身心。

关于《铁木前传》的创作，孙犁在致评论家阎纲的信中说："这本书，从表面看，是我一九五三年下乡的产物。其实不然，它是我有关童年的回忆，也是我当时思想感情的体现。"正因为倾注了自己的全部身心，小说中的每个字、每句话，都是用"纸的砧，心的锤"反复打造出来的。孙犁自己曾说，这部小说他是可以通篇背诵下来的。1956年的一个秋夜，孙犁校正了即将付印的清样，刚刚睡下，突然想起一个地方还需要修改一下，赶紧披衣起床，脚尖刚刚着地，忽然一阵晕眩，头部重重地磕在铁床架上，一下子失去了知觉。妻子、孩子闻声赶来，赶紧把满脸是血的他送去医院，脸颊缝合了数针，所幸没有大碍。但从此之后，孙犁不得不暂时放下手中的笔，以致"十年废于疾病"。

尽管孙犁为写作《铁木前传》付出了沉重的代价，但发表却并不顺利。由于《风云初记》第三集的大部分发表于《新港》杂志，因此孙犁首先想到把这部新作交给《新港》，遗憾的是，负责编辑部日常工作的两位年轻编辑对于孙犁的这部呕心沥血之作竟然做了退稿处理。随后，孙犁将《铁木前传》转给《人民文学》，担任《人民文学》主编的秦兆阳一口气读完，击节赞赏，对孙犁作品的知音康濯说，小说中的女主人小满儿写得比肖洛霍夫《静静的顿河》中的路希卡还要美，果断决定在1956年第12期作为头条发表。方纪阅读之后，也认为是孙犁创作的最高峰。

《铁木前传》的发表，标志着孙犁创作风格的成熟，受到了文坛的瞩目和评论家的关注。小说并没有涉及轰轰烈烈的大事件，也没有描写叱咤风云的大人物，而是写冀中农村的凡人琐事，正是通过这些有血有肉的小人物，折射出了新旧交替的社会大背景。孙犁笔下的这些人物，有的倔强如铁匠傅老刚，有的精明如木匠黎老东，有的勤劳如九儿，有的懒散如六儿，有的张扬如小满儿，有的本分如四儿，但是，孙犁并没有给这些人物贴上标签，而是按照事物自然发展的脉络来塑造人物形象，这些人就如同在我们身边，真实而亲切。可以说，这是孙犁对鲁迅先生所倡导的现实主义文学传统的继承，也是对当时日益兴盛的主题先行、概念化创作的一种无声的反叛。

这部《铁木前传》给孙犁带来了声誉，也带来了灾难。为了写作搞垮了身体暂且不论，由于小说中没有描写尖锐的阶级斗争，却对小满儿这个"落后"人物倾注了大量的笔墨甚至有些美化，因此在"文革"中遭到了上纲上线的批判，加之初版本的内容提要中还加了预告式的一句"作者还准备写作本书的续篇《铁木后传》"，于是，有人便到孙犁家中翻箱倒柜，寻找"铁木后传"的书稿，意在罗织新的罪名。1975 年 4 月 12 日，孙犁在《铁木前传》的书衣上写下了这样一段话："此四万五千字小说，余既以写至末章，得大病。后十年，又以此书几至丧生。则此书于余，不祥甚矣。然近年又以此书不存，颇思得之。

春节时，见到林呐同志，为致此意，昨日林以此交人带来，并附函喻之以久别之游子：'当他突然返回家乡时，虽属满面灰尘，周身疮痍，也不会遭遇嫌弃的吧。'呜呼，书耳，无知之物，遭际于彼并无觉怨，而常以非常反响作者，而作者非谓无知也，世代多士，恋恋于此，亦可哀矣。"可见，孙犁对这部作品的复杂感情。

《铁木前传》的单行本于1957年1月由天津人民出版社出版，书中收入了四幅线描插图，可惜的是，这些插图没有注明作者。小说首印一万六千一百三十册，很快销售一空。

1959年7月，刚刚从天津人民出版社独立出来的百花文艺出版社推出了《铁木前传》的新版本。这一版本与初版最明显的不同，是以四幅水粉画代替了原来的线描插图，其作者是张德育。

张德育（1931—2010），河南南阳人，1949年参加中国人民解放军，1955年入中央美术学院学习，1958年毕业后分配到百花文艺出版社担任美术编辑。张德育受过正规的专业训练，以人物画见长，此前，他已经为冯德英的长篇小说《苦菜花》画过插图，深受好评。张德育刚到出版社，因对运动不感兴趣，他便翻看出版社的样书，当读到《铁木前传》的时候，立即被吸引住，他一口气读完，觉得这样的好书一定要有好的插图，于是找到社长林呐，建议重新出版《铁木前传》，并主动请缨，要求下农村体验生活、收集形象，为小说画插图。出版社经过研究，同意了他的想法。张德育在冀中农村经过一个月的生活体验之后，回到单位专心致志地进行插图的绘制，尽管只有四幅，却用去了两个月的时间。

插图完成之后，很快审查通过，于是，百花文艺出版社在1959年7月推出了新版的《铁木前传》，印数达一万九千一百册。"文革"之后又多次重印，依然保留了这四幅插图。

对于张德育的插图，孙犁非常满意。多年之后，张德育对孙犁的小女儿孙晓玲讲述了当时随林呐拜访孙犁的情景：

在多伦道大院那个带阳台的屋子里，我第一次见到自己崇敬的作家，他不像想象中的作家那样威严，倒像是个农村的教师。他说话不像他用文字表达情感那样自如，但平易近人。孙犁先生见到我，便招呼老伴："德育来了，画《铁木前传》的，你来看看。"你母亲从厨房走出来，笑着对我说："你见过小满儿吧！"她是个很朴实的农村妇女，可说话挺有意思。我对她说："大娘，您没想到吧？！我这个岁数不可能见过小满儿。我画的只是我心里的一种感情表达。"你母亲认定我见过原型，这也从一方面说明我画得的确像小满儿。我对你母亲说，不是我画得好，而是孙犁先生对现实生活挖掘得深刻，写得生动，文字表达又是那么优秀……我被感动了，被他带进了那个环境，与他笔下人物的情感融为了一体。

《铁木前传》的插图给读者留下了深刻的印象。铁凝曾在《怀念插图》一文中写道："我第一次读孙犁先生的中篇小说《铁木前传》是在二十岁以前……当时除了被孙犁先生的叙述所打动，给我留下深刻印象的便是画家张德育为《铁木前传》所作的几幅插图。其中那幅小满儿坐在炕上，一手托碗喝水的插图，尤其让我难忘。""画中的小满儿，在深夜来到住在她家的干部屋里，倚坐在炕上毫不扭捏地让干部给她倒一碗水。深夜的男女单独相处，村人对她的种种传闻，使干部对她心生警惕。然而她落落大方地与干部闲聊，探讨怎样才能了解人的内心。这时她的眼光甚至是纯净的，没有挑逗的意味，虽然在这个晚上她美艳无比，头上那方印着牡丹花的手巾，那朵恰巧对在额前的牡丹花给整个的她笼罩上一层神秘而又孤傲的色彩，使人想到，在轻佻和随便的背后，这女人情感深处也有着诸多的艰难和痛苦。"铁凝认为，"这幅插图的艺术价值并不亚于孙犁先生这部小说本身。""张德育先生的插图，用着看似单薄的材料，准确、传神地表现出一个文学人物的血肉和她洋溢着别样魅力的复杂性格，实在让人敬佩。中国至今无人超越张德育这几幅水粉插图的高度，他自己也未能再作超越。"

　　的确，由于连年不断的运动，由于纷繁复杂的行政工作，张德育未能尽展其才，实现艺术上的突破。但是，无论当时、现在，还是将来，张德育为《铁木前传》绘制的这四幅插图都无愧为经典之作。

2022 年 1 月 23 日，南开园

铁木前传

一

在人们的童年里，什么事物，留下的印象最深刻？如果是在农村里长大的，那时候，农村里的物质生活是穷苦的，文化生活是贫乏的，几年的时间，才能看到一次大戏，一年中间，也许听不到一次到村里来卖艺的锣鼓声音。于是，除去村外的田野、坟堆、破窑和柳杆子地，孩子们就没有多少可以留恋的地方了。

在谁家院里，叮叮当当的斧凿声音，吸引了他们。他们成群结队跑了进去，那一家正在请一位木匠打造新车，或是安装门户，在院子里放着一条长长的板凳，板凳的一头，突出一截木楔，木匠把要刨平的木材，放在上面，然后弯着腰，那像绸条一样的木花，就在他那不断推进的刨子上面飞卷出来，落到板凳下面。孩子们跑了过去，刚捡到手，就被监工的主人吆喝跑了：

"小孩子们，滚出去玩。"

然而那唑唑的声音，多么引诱人！木匠的手艺，多么可爱
啊！还有生在墙角的那一堆木柴火，是用来熬鳔胶和烤直木材
的，那噼剥噼剥的声音，也实在使人难以割舍。而木匠的工作
又多是在冬天开始，这堆好火，就更可爱了。

在这个场合里，是终于不得不难过地走开的。让那可爱的
斧凿声音，响到墙外来吧；让那熊熊的火光，永远在眼前闪烁吧。
在童年的时候，常常就有这样一个可笑的想法：我们家什么时
候也能叫一个木匠来做活呢？当孩子们回到家里，在吃晚饭的
时候，把这个愿望向父亲提出来，父亲生气了：

"你们家叫木匠？咱家几辈子叫不起木匠，假如你这小子
有福分，就从你这儿开办吧。要不，我把你送到黎老东那里学徒，
你就可以整天和斧子凿子打交道了。"

黎老东是这个村庄里的惟一的木匠，他高个子，黄胡须，
脸上有些麻子。看来，很少有给黎老东当徒弟的可能。因为孩
子们知道，黎老东并不招收徒弟。他自己就有六个儿子，六个
儿子都不是木匠。他们和别的孩子一样，也是整天背着柴筐下
地捡豆茬。

但是，希望是永远存在的，欢乐的机会，也总是很多的。

如果是在春末和夏初的日子，村里的街上，就又会有叮叮当当的声音，和一炉熊熊的火了。这叮叮当当的声音，听来更是雄壮，那一炉火看来更是旺盛，真是多远也听得见，多远也看得见啊！这是傅老刚的铁匠炉，又来到村里了。

他们每年总是要来一次的。像在屋梁上结窠的燕子一样，他们总是在一定的时间来。麦收和秋忙就要开始了，镰刀和锄头要加钢，小镐也要加钢，他们还要给农民们打造一些其他的日用家具。他们一来，人们就把那些要修理的东西和自备的破铁碎钢拿来了。

傅老刚被人们叫作"掌作的"，他有五十岁年纪了。他的瘦干的脸就像他那左手握着的火钳，右手抡着的铁锤，还有那安放在大木墩子上的铁砧的颜色一样。他那短短的连鬓的胡须，就像是铁锈。他上身不穿衣服，腰下系一条油布围裙，这围裙，长年被火星冲击，上面的大大小小的漏洞，就像蜂巢。在他那脚面上，绑着两张破袜片，也是为了防御那在锤打热铁的时候迸射出来的火花。

傅老刚是有徒弟的。他有两个徒弟，大徒弟抡大锤，沾水磨刃，小徒弟拉大风箱和做饭。小徒弟的脸上，左一道右一道都是污黑的汗水，然而他高仰着头，一只脚稳重地向前伸站，一下一下地拉送那呼呼响动的大风箱。孩子们围在旁边，对他这种傲岸的劳动的姿态，由衷地表示了深深的仰慕之情。

"喂！"当师父从炉灶里撤出烧炼得通红的铁器，他就轻轻地关照孩子们。孩子们一哄就散开了，随着叮当的锤打声，那四溅的铁花，在他们的身后飞舞着。

如果不是父亲母亲来叫，孩子们是会一直在这里观赏的，他们也不知道，到底要看出些什么道理来。是看到把一只门吊儿打好吗？是看到把一个套环儿接上吗？童年啊！在默默的注视里，你们想念的，究竟是一种什么境界？

铁匠们每年要在这个村庄里工作一个多月。他们是早起晚睡的，早晨，人们还躺在被窠里的时候，就听到街上的大小铁锤的声音了；天黑很久，他们炉灶里的火还在燃烧着。夜晚，他们睡在炉灶的边旁，没有席棚，也没有帐幕。只有连绵阴雨的天气，他们才收拾起小车炉灶，到一个人家去。

他们经常的下处，是木匠黎老东家。黎老东家里很穷，老婆死了，留下六个孩子。前些年，他曾经下个狠心，把大孩子送到天津去学生意，把其余的几个，分别托靠给亲朋，自己背上手艺箱子，下了关东。在那遥远的异乡，他只是开了开眼界，受了很多苦楚，结果还是空着手儿回来了。回来以后，他拉扯着几个孩子住在人家的一个闲院里，日子过得越发艰难了。

黎老东是好交朋友的，又出过外，知道出门的难处。他和傅老刚的交情是深厚的，他不称呼傅老刚"掌作的"，也不像一些老年人直接叫他"老刚"，他总称呼"亲家"。

下雨天，铁匠炉就搬到他的院里来。铁匠们在一大间破碾棚里工作着。为了答谢"亲家"的好意，傅老刚每年总是抽时间给黎老东打整打整他那木作工具。该加钢的加钢，该磨刃的磨刃。这种帮助也是有酬答的，黎老东闲暇的日子，也就无代价地替铁匠们换换锤把，修修风箱。

"亲家"是叫得很熟了，但是，谁也不知道这"亲家"的准确的含义。究竟是黎老东的哪一个儿子认傅老刚为干爹了呢，还是两个人定成了儿女亲家？

"亲家，亲家，你们到底是干亲家，还是湿亲家？"人们有时候这样探问着。

"干的吧？"黎老东是个好说好笑的人，"我有六个儿子，亲家，你要哪一个叫你干爹都行。"

"湿的也行哩！"轻易不说笑的傅老刚也笑起来，"我家里是有个妞儿的。"

但是，每当他说到妞儿的时候，他那脸色就像刚刚烧红的铁，在冷水桶里猛丁一沾，立刻就变得阴沉了。他的老婆死了，留下年幼的女儿一人在家。

"明年把孩子带来吧。"晚上，黎老东和傅老刚在碾棚里对坐着抽烟，傅老刚一直不说话，黎老东找了这样一个话题。他知道，在这个时候，只有这样一把钥匙，才能通开老朋友的紧紧封闭着的嘴，使他那深藏在内心的痛苦流泻出来。

"那就又多一个人吃饭，"傅老刚低着头说，"女孩子家，又累手累脚。"

"你看我。"黎老东忍住眼里的泪说，"六个。"

这种谈话很知心，可是很难继续。因为，虽然谁都有为朋友解决困难的热心，但是谁也知道，实际上真是无能为力。就连互相安慰，都也感到是徒然的了。

这时候，黎老东最小的儿子，名字叫六儿的，来叫父亲睡觉。傅老刚抬起头来，望着他说：

"我看，你这几个孩子，就算六儿长得最精神，心眼儿也最灵。"

"我希望你将来收他做个徒弟哩。"黎老东把六儿拉到怀里说，"我那小侄女儿，也有他这么大？"

"六儿今年几岁了？"傅老刚问。

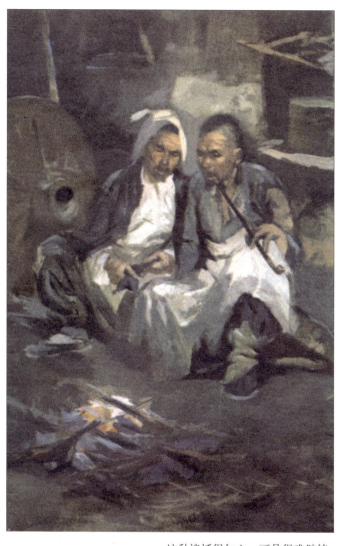

这种谈话很知心，可是很难继续。

"九岁。"六儿自己回答。

"我那女儿也是九岁。"傅老刚说，"她比你要矮一头哩，她要向你叫哥哥哩。"

二

　　第二年头麦熟，傅老刚真的从老家把女儿带来了。他在小车的一边，给女儿安置了一个座位。这座位当然很小，小孩子用右手紧把住小车的上装，把脚盘起来，侧着身子坐在垫好的一小块破褥上。他们在路上走了五六天，住了几次小店，吃了很多尘土。然而，女孩子是很高兴的，她可以跟父亲，这惟一的亲人，长住在一起，对她说来，是最幸福的了。

　　到了村里，先投奔了黎老东家。黎老东很是高兴，招呼左邻右舍的女孩子们来和小客人玩。

　　"你叫什么名儿呀？"那些女孩子们问她。

　　"我叫九儿。"小客人回答。

　　"你姐妹九个？"女孩子们问。

　　"就我一个哩。"小客人说。

　　"那你为什么叫九儿？"女孩子们奇怪了，"在我们这里，谁是老几就叫几儿，比如六儿，他就是老六。"

　　"这是我娘活着的时候，给我起的名儿。"小客人难过地说，"我是九月初九的生日哩。"

　　"啊。"女孩子们明白了，"那么，你们那里还兴留小辫儿吗？"

　　"唔。"小客人有些害羞了，缠在她那独根大辫子上的绳儿，红得多么耀眼呀！

　　和女孩子们玩了几天，和六儿也就熟了。九儿看出，六儿和她很亲近，就像两个人的父亲在一起时表现得那样。傅老刚活儿忙，女孩子跟在身边不方便，他打夜作，给六儿和九儿每人打了一把拾柴的小镐儿，黎老东给他们拾掇上镐柄，白天就打发他们到野外去。六儿背着红荆条大筐，提着小镐儿，扬长走在前头，九儿背一个较小的筐子，紧跟在后面，走到很远很远的野地里去。

　　六儿不喜欢在村边村沿拾柴，他总是愿意到人们不常到、好像是他一个人发现的新地方去。可是，走出这样远，他并不好好的工作，他总是把时间浪费在路上。他忽然轰起一个寠卵儿鸟，那种鸟儿贴着地皮飞，飞不远又落下，好像引逗人似的，六儿赶了一程又一程。有时候，他又追赶一只半大不小的野兔儿，他总以为这是可以追上的，结果每次都失败了。

"我们赶紧拾柴吧。"九儿劝告地说。

"忙什么？"六儿说，"天黑拾满一筐回去就行。"

"我们不许一人拾两筐吗？"九儿说。

"就是一天拾三筐，也过不成财主！"六儿严肃地驳斥着。

他慢慢地走在草地里，注视着脚下。在一处做个记号，又察看着。后来，他把柴筐扔在一旁，招呼着九儿：

"你守住这个洞口，不要叫它从这里跑了。"

他回到做记号的那里，弯下腰，用小镐儿飞快地掘起来。

这天，他们高兴地捉住了一只短尾巴小田鼠，晚上带回家里来，装在一只小木匣里。木匠家总是有好多木匣子的。

第二天，风很大。他两个没有到地里去，在六儿家里玩。父亲出去做活了，六儿拿出小田鼠来，对九儿说：

"它在匣里住了一夜，一定很闷，我们叫它在地下跑跑吧。"

"捉不住了，怎么办？"九儿说。

"不要紧，你把水道守住就行了。"六儿把小田鼠放在地下。起初小田鼠伏在他的脚下，一动也不动。六儿"嘘"它，跺脚轰它，它跑开了，绕着房根儿转，突然钻进了一个洞。

六儿发急了，他命令九儿：

"你看瓮里有水没有？"

瓮里干着。六儿抓起瓢来，跑到咸菜缸那里，淘来一瓢盐水，灌进了鼠洞。看看不顶事，又要去淘。

"大叔回来要骂了，"九儿说，"盐是很贵的。"

六儿用力把瓢扔在地下，瓢摔裂了。

这一回，两个人玩得很不好。六儿失去了小田鼠，心里很难过。九儿心疼那一瓢盐水，她也是个穷人家的孩子，她在家里，是一针一线也不敢糟蹋的。

风越刮越大，他俩躲到破碾棚里去。那座不常有人使用的大石碾，停在中间。碾台上蒙着一层尘土，九儿坐在上面。六儿爬到那架大空扇车里面，蜷起身子像只虾米一样，仰天睡下了。他招呼九儿：

"你也进来吧，盛得下。"

"我不进去。"九儿说。

她在思想，面对着现实。外面的风，刮得天黑地暗，屋顶上的蜘蛛网抖动着，一只庞大的蜘蛛，被风吹得掉下来，又急遽地团回去了。她没有母亲，她的父亲，现时在外面的大风里工作着。她新结交的小伙伴，躺在扇车里睡着了。童年的种种回忆，将长久占据人们的心，就当你一旦居住在摩天大楼里，在这低矮的碾房里的一个下午的景象，还是会时常涌现在你沉思的眼前吧？

三

　　就在这一年，开始了抗日战争。这是在平原上急骤兴起的，动摇旧的生活基础的第一次大风暴。从这一年起，人们在战争的考验里，接受了阶级斗争的新道理，广大的劳苦半生的人们，包括他们那从前以为累赘、无法养教的儿女们，开始打破有形无形、传统久远的束缚和枷锁。黎老东在家的两个较大的儿子，都参军去了。

　　在兵荒马乱里，傅老刚没有能够按时回到老家去，好在女儿也在身边，他不想去冒那长远路途上的危险了。在这些年月里，木匠、铁匠除去为农业生产服务，还都要为战争服务。傅老刚的两个徒弟，不久也参加了八路军附设的兵工厂。在这一年冬天，傅老刚和女儿，给来往不断和越聚越多的骑兵打钉马掌。九儿兴奋地工作着，有一次她只顾观望那过往的部队，被一匹性劣的马踢了一脚，从此在额角上留下一块小小的伤痕。当时，部队上的卫生员替她包扎好，她连一声也没哭。以后，大家公认，这块小伤痕，不但没有损害九儿的颜面，反而给她增加了几分美丽。

孩子们在风雨里、炮火里，饥饿和寒冷的煎熬里，战斗和胜利的兴奋里，完成了他们的童年，可珍贵的童年的历程。傅老刚在村里人缘很好，附近村庄的人们也都认识他。在逃难的时候，那些妇女们看到九儿，都自动地愿意带着她，跑到哪个村庄，人们一听说是铁匠的女孩子，也愿意收留吃饭和安排住宿。在战争的最后二年，因为年岁大些了，游击经验也丰富些了，九儿总是好和六儿一同走。六儿胆子很大，很机警，照顾九儿也很周到。当他们在一块儿的时候，在九儿那刚刚懂事的心里，除去有人做伴仗胆，感到幸福，还产生了一种相依相靠的感情。当她和六儿在一块的时候，也真的没有遇到什么大的危险。因此，她有时也真的相信六儿自我吹嘘的话了。

六儿常常对她说：

"你谁也不要跟着，就跟着我吧，日本鬼子不敢着我的边。"

"你净瞎说。"九儿跟在他身后边说。

"你跟着我，饥不着也渴不着，"六儿自信地说，"我会像一只大老家（雀）儿，给你打食儿吃。"

在九儿的眼里，六儿的办法就是多一些。下雨的时候，他总是能很好地把九儿安置起来，就是在野地里，也淋不湿。在九儿觉饿的时候，他能跑出多远，找些吃的东西回来。那时候，在野外躲藏的人很多，人们是愿意帮助孩子们的。而更重要的是，九儿从心里发生的那一种感激和喜欢的心情，也确实能战胜一时的饥饿和寒冷。

日本投降以后，因为多年不回老家，老铁匠急于要带女儿回去看望一下。

临走的那天晚上，黎老东打了一壶酒，给傅老刚送行。平日，傅老刚即使在喝酒的时候，话也是很少的；黎老东酒一沾唇，那话就像黄河开了口子一样，滔滔不绝。可是今天晚上，两个老朋友中间放上一盏菜油灯，一把酒壶，在快要分别的时候，黎老东只是勉强地说了几句普通话。以后，就也把头低下来，一直沉默着。

这是很稀奇的现象。傅老刚问：

"亲家，你心里有什么事？"

"有点事儿。"黎老东突然兴奋起来，他是单等着老朋友这句问话的。"亲家，我想向你请求一件事。你看，我有六个儿子，穷得这样，我这一辈子也不打算什么了。不过六儿这孩子，我看还许有些出息。"

"亲家，"傅老刚插断他的话，"你就是娇惯了他一些。孩子们是要管得严紧些的。"

"是这样。"黎老东急于要把话说完，"咱也别绕圈子，据我冷眼观看，九儿和六儿，两个人的感情还合得来。按说，像我这个穷光蛋，还想支使儿媳妇？不过，咳！"

他一口把壶里的酒喝干了，就又低下头去。

"我明白你的意思了。"傅老刚说，"你穷，我就富吗？"

"不过，不过，养女儿总是要攀个高枝儿的。"黎老东低着头说。

"孩子们年纪还小，等我们从老家回来再定规，你说好不好？"傅老刚这样冷漠地结束了这场本来应该激动人心的交谈，使得老朋友的心冷了半截。

这一晚上，九儿在附近的婶子大娘家里辞行。姐妹们留恋她，在这家停一会儿，又一群一伙地到另一家去。六儿也一直跟在后面，就有姐妹们说他：

"你老是跟着干什么？一个小子家。这又不是打游击的时候了。"

"人家也是来送九儿哩。"有的姑娘说。

"快家去睡觉吧，六儿。"有的大娘斥责他。

"我就是跟着！"六儿有些气愤地在心里说，"我就是不去睡觉！你们管得着吗？"

九儿一直和别人说笑着。

第二天，打早起，六儿跟着父亲，帮九儿家收拾小车。在黑影儿里，九儿小声对他说：

"我们还要回来的呀。"

四

　　傅老刚和九儿走了以后，就一直没有音讯。听说在他们家乡那一带，是蒋匪军盘踞着。这二年，平原上进行着解放战争，人们又经历了许多重大的事件。土地改革以后，黎老东因为是贫农，又是军属，分得了较多较好的地。后来，二儿子在解放战争里牺牲了，领到一笔抚恤粮。天津解放了，在那里做生意的大儿子又捎来一些现款，家里的生活，突然提高了很多。黎老东听到二儿子牺牲的消息以后，悲痛了一个时期。他想起这个老二从小没有得过一点儿好，母亲死了以后，还曾带着四兄弟讨要过一个时期的饭。现在，黎老东是将近六十岁的人了，身边只有四儿和六儿。但是，不知道为了什么，黎老东不大喜爱四儿，只喜爱六儿。老人的心里想：自己受了一辈子苦，没有过出头之日，几个大孩子，小的时候也没有赶上好年月，现在既然生活好了，应该叫六儿多享些福。

这样，六儿就越发娇惯起来了。他已经长大成人，他不愿意像四哥一样到地里去做活，起猪圈送粪这些事，他连边也不愿沾。可是，也不好净闲着，他就学做些小买卖。秋后，搓大花生仁儿，炒了到街上卖；冬天煮老豆腐，晚上在大街十字路口敲着梆子。卖不完的，就自己吃。每天夜里，父亲已经钻被窝了，他盛上一大碗老豆腐，多加蒜、姜，送到老人脑袋头起说：

"爹，吃了吧，热的。"

老人爬起来，喝完老豆腐，心里想，这孩子多懂事儿，多孝顺呀！

有时，六儿也盛上一碗送给在夜里喂着牲口的四哥，老四是从小知道省细的，总是不愿意吃。他对六儿说：

"多卖一碗，就多赚一碗，我这就要睡觉了，喝一碗这个有什么用？"

这使得六儿有时想：这个人真不知好歹哩。

但是，不管卖花生仁儿，还是卖老豆腐，六儿总是赚不下钱。在街面上，他的朋友多，这个抓一把，那个喝一碗，就是记上账，六儿也拉不下脸皮儿去要，到年底，还是得老四去讨账。特别是那些姑娘们，看见六儿提着花生仁儿来了，就说：

"你这花生仁儿脆不脆？香不香？"

"你们尝尝呀！"六儿赶忙张开布袋口儿笑着说。

"尝"是不要钱的，可是姑娘们很多，又都下得手，一个人一大把不算，六儿还自己抓着送到她们手里，替她们装进那口儿虽小底儿却深的衣裳口袋里去。

六儿长得个儿适中，脸皮儿很白，脾气儿又好，他在街上成了姑娘们十分喜欢的对象。六儿已经能够自觉到这一点，他就更加注意去巩固和扩大这个良好的影响。战争结束以后，在这个村里，他第一个留起大分头，还不叫担挑的剃头匠理发，总是在集日跑到县城南关的理发店去。夜晚，村里只有他有一筒手电，在街上一晃一晃的，姑娘们嬉笑着围着他：

"看你，六儿，照坏了我的眼！"

"来，六儿，给我拿拿！"

在雨天，他有一双双钱牌胶鞋，故意穿上去串门儿，谁家的姑娘好看，谁家庭院里积的雨水深，他就特别到谁家去。那家的姑娘在窗户眼儿里看见他进来，就赶紧爬下炕来说：

"六儿，你来得正好，来脱下给我穿穿，我正要到茅房里去！"

"你穿着正合适。"六儿说，一边脱下胶鞋来递给她，"你也该买一双。"

"我哪里有这些钱呀?"姑娘笑着说,"六儿,你什么时候再进城,给我捎一双袜子来吧!"

"什么色儿的?"六儿问。

"你看着吧,你常买东西,又懂眼。"姑娘信任地说,在腰里掏摸着,"你带着钱吧!"

"不用。"六儿说,"买回来,再说吧。"

等到买回来,姑娘们只称赞他买的货色好,尺寸合适,就再也不提钱的事了。

五

黎老东目前也顾不上管教他，老人正在为新兴的家业操心。新近他把那匹老灰驴换成了一匹红马。这匹马虽然口齿老一些，但蹄腿毛色都很好，架上那辆分来的破车，实在显得不调和。老人四处去观看，买回几棵榆树槐树，想自己打一辆大车。黎老东打的大车是远近知名的，一辈子给人家打了无数的车，现在年老了，也给孩子们打一辆吧，他的心情是十分愉快的。在转悠着买树的时候，他还得到一棵小檀木树的秧子，做木匠的最喜爱这种树，他把它栽到自己的窗台下，小心养护着，作为自己新的生活开始的标志。院里养了一群鸡，猪圈里新买来两个猪崽儿。

他叫老四和他解树，在院子里，被解的树木斜竖起来，像一架高射炮。老人蹬在上面，俯身向下，老四坐在地下，仰身向上，按着墨线拉那大锯，一推一送。老人总是埋怨老四笨，不是说他走了线，就是说他不会送锯。老四建议叫六儿来拉锯，老人又不肯。老四说他有偏心，父子两个争吵起来，老人甚至举起锛斧，绕院子追赶。

老四最不喜欢人家说他笨。他从抗日战争以来，学习很努力，每天看书看报上夜校，积极参加村里的青年工作，他觉得在家庭里，他比父亲和六儿都进步得多，懂事得多。

吵过架，老人又不甘寂寞，说：

"我像你这个年纪，早就出师了。我的手艺，不用说在这一县，就是在关外，在哈尔滨，那里有日本木匠，也有俄国木匠，我也没叫人比下去过。阿拉索，有钱的苏联人总是这样对我说。"

"那时他们不是苏联人，那时他们是白俄。"老四说。

"县城南关福聚东银号的大客厅的隔扇，是我做的。那些年，每逢十月庙会，远从云南广西来的大药商，也特别称赞那花儿刻得好。"老人越说越高兴，"这字号是卜家的买卖，老东家和我很合适。"

"卜家不是叫贫农团打倒了吗？"老四说，"你这话只能在家里说，在外边说，人家会说你和地主有拉拢。"

"南关西后街崔家的轿车，也是我打的。"老人说，"那车只有老太太出门才肯用。"

"那也是大地主。"老四说，"那辆车早分给贫农，装大粪用了。"

老人把锯用力往下一送，差一点没把老四顶个后仰。

大车的木工程序越是接近完成的时候，黎老东越是怀念他那老朋友傅老刚，因为还要有段铁工程序，大车才能制造成功。附近当然也有其他的铁匠，但是这些人的手艺，都不中黎老东的意。过去，他是常常和傅老刚合打一辆大车的。而他们合打的大车，据说一上道，咯噔噔噔一响，人们离很远，就能判断出这是黎老东砍的轴，挑的键，傅老刚挂的车瓦。他很希望老朋友能来帮他把这一辆车成全好，成为他们多年合作中的代表作品，象征他们终身不变的深厚友谊。现在家里又有吃有喝，他想给傅老刚捎上个信儿，叫他带女儿来。孩子们的年岁也到了，凭眼下这日子光景，再求婚也就理直气壮了。

可是，听说那边还在打仗，信儿也不好捎。

想起儿女的婚姻，黎老东就想起住宅的问题，现在住的这个破院，虽说村里已经固定给他，要是儿子们结婚，还是很不够住的。当父亲的赶上这个年月，还不能替孩子们安排下几间住处，也感觉于心有愧似的。今年一个麦季，一个秋季，收成都很好。他想把粮食合起来，换处宅院。原先，他是想多买几亩田地的，听人说，这年头田地总不牢靠，宅院到什么社会，终归是自己的，他就下了决心买宅子。

关于买宅子，老四提议要和军队上的哥哥商量一下，黎老东说："不用。他是革命干部，不同意我们置家业过活。"

他托了村里的说合人，替他物色宅院。很快，说合人就来告诉他，后街二寡妇那宅子要卖。这所宅子包括三间土坯抹灰北房，木架门窗都还很坚固，院子很大，以后可以盖三合房，现在就有一个大梢门洞儿。价钱不贵，十石麦子。另外，这所宅院距离黎老东现在住的地方很近，以后来往也方便。

黎老东想了想，很中意这宅子，就要下定钱。但是老寡妇有一个附带条件，要卖"养老腾宅"，就是说要等她死了，新主人才能搬进来。对于这一点，黎老东有些犹豫，谁知道老寡妇哪年死哩，看来她还很健康。不久，说合人又来说，老寡妇有个侄儿要争这宅院，出十二石麦。黎老东一听着了急，下了定钱，还和老寡妇那个侄儿闹了一场纠纷，经过村里调解，黎老东是军烈属，才得买到了手。

买了宅子，黎老东操心的事情可就多了。他隔几天就要到那宅子里转转，看见院子里跑着一群别人家的鸡，他就轰出去，看见墙头又叫孩子们蹬倒了，他就垒起来，看见房墙上的泥皮掉了，就和泥抹上。他关心宅院的每一个细小部分，而老寡妇好像什么也不管，在东间屋里炕上喘嗽着。

冬天，黎老东想叫老四到这北屋西间来住，捎带喂牲口，马槽就安在外间。他和老寡妇商量，老寡妇不同意，说马会把粪拉到她做饭的锅里。因为这个争吵起来，老寡妇一生气，收拾东西，到女儿家住去了，声言是黎老东把她逼走，在村里影响很不好。在军队里的儿子，不知怎么也知道了，来信批评了父亲。

黎老东为这件事也懊悔了好几天，觉得是找了麻烦。但是既然买了，就搬来住吧，选择了一个日子，他和六儿、四儿搬进了这一所新居。人们还要他请酒，他也只好应酬了一下。

夜里，六儿很晚才回来，黎老东一直没睡着，在等着他。

"我为什么买这个冤孽？"黎老东说，"不就是为了你？"

"嗯。"六儿把头蒙在被窝里，"新房子怎么这样冷呀？"

"你要学点好。"黎老东又规诫着，"不要整天瞎跑。"

而六儿已经呼呼入睡了，鼾声是那样匀称和舒心，老人是喜爱听这种声音的，年老的人，身边有个小儿子甜蜜地睡着，是会感到幸福的。

六

这一年冬天，六儿和村里的一家懒人，合伙卖牛肉包子。每天晚上，他背着一个小木柜子，在大街上来回游逛。

"牛肉包儿呀！好热的牛肉包儿呀！"

一直到深夜。

包子房设在村西头黎大傻家。黎大傻的老婆，原是县城东关一户包娼窝赌不务正业的人家的长女。这女人长得既丑且怪，右脚往里勾着，黑麻脸，左眼从小瞎了，有一大块萝卜花向外冒突着。她的性情很是刁泼，在新社会里，也长期改造不好，又非常好吃，为了满足她那馋嘴，她会想出一些奇奇怪怪别人绝想不到的办法。

黎大傻行什么事，也是要看着女人的眼色，听着女人的鼻息的。抗日战争以后，经过几次社会运动，他们每次都把分得的一些东西泼撒了。过程是：把分得的土地和一些粗粮变卖了，换回麦子卖面条儿，结果，一家人把本儿利儿全吃进肚里去。

今年和六儿卖包子，就是和面擀皮儿这些极为轻微的工作，黎大傻的老婆也是不愿意担负的。她不久就从娘家接了一个妹妹来，名义上是帮忙做活，她的实际目的在哪里，谁也猜得着。

这位妹妹，外表和姐姐长得非常不同，人们传说，这孩子原是那些年，从别人家领来的，和她的姐姐，并非一母所生。

她今年十九岁了，小名叫满儿。已经结了婚，丈夫长年在外面。小满儿一年比一年出脱得好看，走动起来，真像招展的花枝，满城关没有一个人不认识她，大家公认她是这一带地方的人尖儿。

刚到姐姐家来，小满儿表现得很安静。她不常出门儿，每天，姐姐出去串门儿，她就盘腿卧脚地坐在炕上剁馅儿，包包子，连头也不轻易抬起。黎大傻在地下来往，装着笼屉，兼在灶上烧火。六儿没事做，放一条板凳在炕沿儿下面，呆呆地望着她抽香烟。等到天黑，姐姐回来，小满儿问做什么吃，姐姐照例是说得很干脆的："还做什么吃？熬点米汤儿，就包子吃！"

"六儿不用回家，就在一块儿吃吧？"小满儿问。

"那还用你说吗？"姐姐笑着，"人家是咱们的大东家哩，要好好照应！"

现在，六儿就黑夜白日地在这一家鬼混。

渐渐，小满儿就不能安静地坐在炕上了。她每天要抽空儿到门口儿站一站。自从她搬到姐姐家，不知道是谁传播的消息，那些卖胭脂粉儿香胰子的小贩，也都跟踪到这村里来了。他们像上市一样，常常把三副几副的担子放在她姐姐家的门口，如果小满儿还没有出来，他们就用力摇动那小货郎鼓儿，用繁乱的、挑逗的节奏把她招引出来。

以后，小满儿又借口占碾子借磨，到大街上去。

每逢小满儿到街上来推碾，就会在这小小的村庄里引起一场动乱。当她还没有得到推碾的机会，只是放下一把笤帚在碾子旁边占着，自己一径回家去了，就有一些青年人趁到碾子附近来了。青年人越聚越多，常常使得那正在推碾的人家，感到非常的奇怪。

后来,碾子空下了，就有青年自动去给她报信。过了一会儿，小满儿从她姐姐家的胡同里转出来，青年们的眼睛就一齐转向她那里。青年们的眼神是多种多样的,有的勇敢些,有的怯弱些,然而都被内心的热情和狂想激动着，就像接连爆发的一片火焰。

小满儿头上顶着一个大笸箩，一只手伸上去扶住边缘，旁若无人地向这里走来。她的新做的时兴的花袄，被风吹折起前襟，露出鲜红的里儿；她的肥大的像两口大钟似的棉裤脚，有节奏的相互磨擦着。她的绣花鞋，平整地在地下迈动，像留不下脚印似的那样轻松。

她那空着的一只手，扮演舞蹈似的前后摆动着，柔嫩得像粉面儿捏成。她的脸微微红涨，为了不显出气喘，她把两片红润的嘴唇紧闭着，把脖子里的纽扣儿也预先解开了。

她通过这条长长的大街，就像一位凯旋的将军，正在通过需要他检阅的部队。青年们，有的后退了几步，有的上到墙根高坡上，去瞻仰她的风姿。

小满儿来到石碾旁边，一转身，把大笆箩放在了地下。然后，她掠了掠齐肩的油黑的头发，向青年们扫射了一眼。

她是来碾米。她把谷子铺在碾盘上，等候着她的姐姐。她姐姐叫什么事耽搁住了，一直没有来，她就一个人推动了石碾。

她心里明白，不会没有人来帮她的忙。但是今天，青年们都在观望着，做着各种丑态，甚至互相推挤，却谁也没有勇气上前。

每当小满儿推着碾子转到街道旁边，她就转身向村西头望望，看看六儿来了没有。她很希望六儿在这个时候来，他比这些屋头们懂事，会跑着过来帮她的忙。

可是，六儿也好像忘记了和她约好的这回事儿似的，一直没影儿。她实在推不动了，又不愿意在这些青年人面前示弱，她装作碾得了头合，突地停下来往回折扫着，转身抓起了簸箕。

"怕还不行吧！"这时站在最前边的一个青年叫大壮的，开了口。

这个名叫大壮而实际上非常胆小的青年，是耐不过这种沉寂的场面，又实在心疼对方，才鼓足勇气去抓起了那根闲着的推碾棍。他这种异乎寻常的举动，使得全体青年吃了一惊，连平日向他开玩笑的习惯都忘记了。但是，忽然从街东头传来一声喊叫，这一声喊叫，就像在冬天的夜晚，有黄鼬来拉鸡，孤处的女主人从梦中惊醒，喊叫出来的那种声音一样凌厉吓人。

这是大壮的媳妇。大壮早婚，她比丈夫足足大八岁。她熬过很长的一段岁月，自从大壮渐渐懂得事理，她就越发爱他，并且越发管教得严格了。大壮平日很怕她，他怕她就像怕自己的姐姐，甚至像怕自己的母亲一样。因为，在多年的印象里，她不只照顾了他的饮食起居，而且也教导着他的言语行动。但是大壮从来也没想到，在他偶尔同别的女人在一起的时候，会引起自己的女人这样大的愤怒。他扶着碾棍，呆呆地望着自己的女人。

"你这个不要脸的东西!"大壮的女人急急走过来说,"快做晚饭了,你不去担水,跑到这里来干什么?"

"唔?"在众人面前,在女人的盛怒之下,大壮不知道怎样回答才好。

"你是哑巴,是聋子?"大壮女人的声音更严厉了,"我问你跑到这里来干什么?你年下就十八岁了,不学正经!"

"他还小哩,原谅他这一次吧!"青年们在一边打哈哈。

"他还小?"大壮的女人最不喜欢别人说她的丈夫年纪小,"什么才叫大人?你们小吗?吃屎的孩子,也干不出这样没出息的事儿来!你们是一群狗,有一只小母狗儿,在街上夹着尾巴一溜达,就把你们都引出来了!就把你们的脖子勾引得硬了,就把你们的眼睛勾引得直了!我在那边瞧了老半天,看看你们那下流样子!你们自己不觉?快到井台上,弄点儿水来照照吧!"

她这种不分敌友,一律混杂的教训,引起了青年们的极度不满,但是没有人愿意在这个时候和她冲突。他们用眼睛、用咳嗽鼓励大壮,很希望大壮就手抽出那根大推碾棍来。但是大壮连丝毫反抗的意思也没有,他甚至移动脚步,要想回家去了。

　　青年们注视着小满儿，小满儿簸着米糠，脸涨得像块红布。这女孩子，过去在多少男人面前，也是号称难惹的，但是今天遇到这样的场面，她低着头，连一句话也没讲。

　　斗争总是要展开的，她的姐姐已经在西街口那里出现。她之奔赴这里来，就像抢救水火一样迫切。因为肥胖，因为她的一只脚有点毛病，特别因为她的视力不能集中，她那奔跑的姿势，就像足球场上，带着球奋勇突击的前锋一样：一时佝偻着上身，一时弯架着胳膊，一时左右脚交攀着，一时在地下滚动着。

　　"你说谁是小母狗？"她离大壮的女人还有十码远，就发出了战斗的檄文。

　　"谁自认，我就说的是谁！"大壮的女人挺着身子说。

　　"我的妹妹是黄花少女！"黎大傻的女人说，"她的屁股也比你的脸干净！你管教你的小女婿行，欺侮我的亲戚就办不到！"

　　她跑到石碾那里抽出一根棍，但是叫小满儿给拦住了。

　　"你怎么变得这样老好子？"她吆喝着妹妹，"叫你把我的人都丢净了！"

　　她举着大棍，奔向大壮媳妇，大壮媳妇以逸待劳，接住棍头，往怀里一带，黎大傻的老婆就来了个嘴啃地。

七

就在这个时候，久别的傅老刚父女，回到了这个村庄。

傅老刚还是推着他那铁匠炉，前面拉车的，是九儿。

傅老刚越显得年老和削瘦，小车已经破烂不堪，吱扭的声音，也没有了当年的气派。九儿长高了，但穿的衣服也很破旧。她的脸蛋儿很是干瘦，头发上挂满尘土，鞋面儿已经飞裂，只有那一对大眼睛里射出的纯洁亲热的光芒，使人看出她对于回到这里来，是感到多么迫切和愉快。

把小车推到十字街口，傅老刚放下绊带，和人们问好。九儿拉下脖里围着的旧毛巾，擦着脸上的汗水。

"我们又回来了，"傅老刚说，"可是，你们为什么吵架呀？"

"不为什么，"青年们说，"两位女同志，吃饱了没事儿，在这里练把式。"

"不要这样。"傅老刚郑重地说,"你们一直生活在咱们的根据地,真是生活在天堂里了。你们看我们那里,在国民党占据着的时候,人们的生活困难到了什么地步!我同九儿回去,正好陷在网儿里。还好,总算是逃了个活命儿出来。"

"你们那里生产怎么样?"青年们问。

"正在恢复,今年又遇到荒年。"傅老刚说,"你们有好日子,不好生过,就对不起共产党和毛主席。这些年,我一直想念你们,我想这里是老解放区,工作一定进步得多。六儿哩,怎么不见六儿?"

傅老刚在人群里巡视着,转身望了望他的女儿。女儿好像已经寻觅过了,她现在只是站在那里,注视着正在推碾的那个长得极端俊俏,眉眼十分飞动的女孩子,她不认识这个女的,以为是谁家新娶的小媳妇。

"刚才,我看见六儿在村北边赶鸽子,这会儿,也许回家去了。"一个青年说,"你也该去看望看望你的老亲家了,黎老东这二年的生活,可提高大发了!"

傅老刚和人们告别,架起小车。九儿拉着牵绳,还不断地回头看小满儿。

见到老朋友,黎老东高兴极了。他带着亲家到他那新宅子里去看他打制的大车。

"亲家你看，就等你来了。"黎老东兴奋地说，"明天，咱们就在这院里支起炉灶来。你看，这院子多么豁亮，做起活儿来多醒脾？"

"真是好哩。"傅老刚说，"就是在这里开个木货厂，也满宽绰呢。"

"打上这辆车，我也就该休息了。"黎老东十分得意地说，"你知道，现在运销很赚钱，车轱辘儿一动，就是大把的票子。天津解放了，老大挣钱也多了，你看，刚一进冬天，就给我买来了这个。可是穿上这个，我还能做活吗？"

傅老刚打量着亲家高高翻起的新黑细布面的大毛羔皮袍，忽然觉得身上有些寒冷似的。黎老东还没有让远来的客人进屋休息的意思，他详细地说明了建设这所宅院的计划，又带着亲家去看猪圈。最后，推开北房门，叫亲家看马，这才顺便把客人让到里间坐下来。

当两个老人进了屋，九儿刚要跟进去的时候，她抬头看看，六儿站在房顶上向她招手儿，并且指给她上房的梯子所在。九儿轻轻上到房上，看见六儿躲在一排干树枝后面，引逗着一群鸽子玩儿。鸽子看到生人上来，都拍翅飞向天空，现在太阳西沉，西天的红霞映照到白灰抹平的房顶上。红色的白色的鸽子在他们头顶上奋飞着，追逐着，翻腾着。

"我早就看见你来了。"六儿说，"有我父亲，我不敢大声叫你。"

"你喂这些鸽子干什么？"九儿问。

"好玩呗。"六儿说，"新近，杨卯儿从北京弄来一对纯白的外国种，实在好，我还想买来哩，人家就是贵贱不卖。"

"青年团不批评你吗？"九儿问。

"我不是青年团。"六儿扬手引逗着天空的鸽子，使它们飞下来又飞上去，"你加入了吗？"

"我也是刚加入。"九儿说着沉默了。

"这东西玩熟了，最有意思。"六儿说着站立起来，向天空呼叫着，"鸽儿，鸽儿。"

鸽子们先后驯顺地落在房檐儿上。

"六儿，那个姑娘是谁？"九儿忽然看见，在西边隔几户人家的一间房上，站着刚才推碾的那个姑娘。那姑娘直直地望着这里，脸上带着那么一种逼人而又难以理解的笑容。

"那是黎大傻的小姨子小满儿。"六儿说，"包子蒸熟了，我该去装柜子了，我们下去吧。"

吃晚饭的时候，六儿也没有回家来。当四儿知道九儿也是个青年团员的时候，非常高兴地说：

"你的关系带来了吗？今天晚上，你先参加我们的学习会吧。"

"我一路上，把关系转了来。"九儿笑着说，"我很愿意参加你们的学习会，四哥在团支部负责吗？"

"我是宣传委员。"四儿说，"咱这一带地方风沙大，每年春天缺雨，上级号召人们打井栽树，变旱田为水田，这是好事儿。可是村里还有很多人认识不清楚。"

"就是他妈的你认识清楚，"黎老东说，"你少在外头给我挣骂吧。"

"六儿为什么不参加青年团？"九儿问。

"谁知道他为什么？"四儿说，"他说脑筋不好，一开会就头痛。你看他像脑筋不好的人吗？"

"你要帮助他。"九儿说，"我看他把心都用到旁处去了。"

"你劝劝他也许好些。"四儿叹气说，"他一点儿也瞧不起我。我在我们家里，威信太低。"

"胡说八道。"黎老东又斥责他，"你在外边威信高，高了什么来？"

"年轻人进步是好事。"傅老刚劝说着，"亲家，要不是这个世道，你的生活能过得这样好吗？"

"你说的这话对。"黎老东说，"时代是不断前进的，可是，我们过日子，还得按照老理儿才行。"

八

　　由于九儿表示十分关怀，四儿提议一同找六儿谈一谈。四儿把牲口喂上，叫两个老人在家看门，装好学习文件，又带上一个小油灯，同九儿出来。

　　"你带个油灯干什么？"九儿问。

　　"这是我们团里的学习灯。不敢放在讲堂上，怕浪费油。"

　　黎老东在屋里听到"油"字，就冲着窗台喊：

　　"四儿！你又添上了咱家的油？你们青年团真成了穷人团，哪里有赔着灯油做工作的？他妈的，你的威信高，还不是高在这点灯油上！"

　　四儿没答言，领着九儿出来，他在街上停了停，说：

　　"六儿晚上卖包子，不知道出来没有。"

　　今天晚上，六儿没有出来做买卖，代替他那清脆的声音，是黎大傻那大劈拉嗓子：

"牛肉包子咧！好热的牛肉包子咧！"

四儿问他六儿到哪里去了，他有些不屑于答理地说：

"谁知道。我又不是他的掌柜的。"

当四儿和九儿转到西街口上，在村边一处大场院里，传来六儿说话的声音。场院的门虚掩着，隐约地看出：院里栽着很多树木，堆着几个柴垛，靠墙边，有一棵大杨树高高矗立着。在杨树下面，六儿和一个女人贴身站立着。

九儿在门口站住了。四儿性急，一推门进去，并且大声喊叫了一声：

"六儿！"

那女的好像从什么东西上撞了回来一样，很快地往旁边一闪。

"你喊叫什么！"六儿压低声音，愤怒地说。

"怎么啦？"四儿并没有调整自己的嗓门儿，"有什么秘密？"

"不许你嚷！"六儿更发急了。

四儿停止了说话。但是，忽然嚓的一声，他划着了一根火柴，把手里的小油灯点了起来，高高举起，向四下里照耀。

"天爷！"六儿跑上去，一口把他的油灯吹灭，说，"到处点你这穷灯干什么！"

"真的有什么见不得光明的勾当，在这里进行着吗？"四儿一边说着，一边大步地绕着杨树行进，冷不防撞在躲在杨树后面的小满儿的身上，两个人吵了起来。

"完了！"六儿一跺脚，大杨树上扑棱棱一响，"鸽子跑了！"

"只是跑了一只。"小满儿停止吵闹，往上观看着，"谁也别说话了！"

飞起的那只鸽子，不知是属于什么性别，它是留恋眷属的，在黑暗的天空里绕了一遭，又落到了杨树上。这时六儿才低声告诉他的四哥，杨卯儿那外国种鸽子跑出来了，他正想法上去抓住它。

在黑夜里看来，这杨树一直高到抚摸着群星，而它那树皮，又像女人的肌肤一样光滑。六儿已经脱下鞋袜，在手里唾着口沫，要攀登上去了。

"这样黑天，你要玩命？"四儿说，"我回家叫父亲去！"

"少在这里拿大哥架子吧！"小满儿说，"抓住一只三十万，抓住两只，你学习好，给算算是多少钱？"

"六儿，"九儿忍不住说，"你不要冒这样的危险吧！"

　　"六儿"，九儿忍不住说："你不要冒这样的危险吧！"

"好。"小满儿啧着嘴儿说,"心疼你的人儿发言了。"

"你是什么人,"九儿说,"我们从来又不认识,和我犯嘴?"

"我是什么人?"小满儿冷笑着说,"我是和你一模一样的那种人。"

"别吵了。"六儿哀告着,"别再吓跑了我的鸽子,鸽儿,鸽儿。"

他很快地就上到了树的老杈那里。

"我们走吧!"四儿对九儿说,"没有办法,摔死了,怨他命里活该。"

九儿的心里非常气愤和极度不安,但她还是同四儿走出来了。

"也好像是一对儿哩!"小满儿放长声音说。

"你说什么?"六儿在树上问。

"我说的是鸽子啊!它们在靠南边的那一枝儿上。"

他们听见小满儿站在树下,不停地说着淡话,并指引着六儿的冒险行动。

九

　　在土地改革时没收的一家地主的宅子里，九儿和这村的青年团员们会面了。很多人原先是认识的，他们热情地问候九儿。四儿点着油灯，把人们招呼进西屋里，西屋原是三间，现在已经打通，青年团和本村的剧团都利用这个地方进行活动。屋子里十分寒冷，窗子都破碎了，顶棚上的花纸一块块带着灰尘蛛网垂下来，门子也缺了一扇。北墙上挂着一块小黑板，黑板前面放着一张破旧油垢的六人桌，地下用土坯和泥，垒成一堵堵的矮墙，也不知道是要人当作桌案还是当作座位。坐在上面，感到十分冰冷，那些女孩子们，穿的衣服很单薄，但是，她们还是安详地坐在上面了。

　　四儿和一个叫锅灶的青年是教员，他们守着油灯，给团员们讲解怎样向广大农民进行打井造林的宣传，讲完了一节就进行讨论。

夜深了，这屋子里实在比屋子外面还要冷一些。他们还是认真地讨论着。

"同志们，我们一定要把我们的村庄，建设成一个富裕繁荣的村庄。"四儿说，"到那个时候，我们青年团就不会再在这样冷的屋子里开会，我们要盖起一座很好的礼堂来。"

"离题太远了。"锅灶警告他说，"目前是研究怎样克服宣传上遇到的阻碍。"

"依我看，在我们村里，横在我们前进道路上的，有两大障碍。"四儿转回来说，"一是黎七儿的胶皮大车，运输很发财，助长着人们只看眼前，只顾个人的资本主义思想；一是黎大傻家的包子房，男女混杂，减低着人们的生产热情。如果要想宣传得好，就得限制黎七儿出车和取消黎大傻的包子买卖。不然，我们只是空口宣传，他们那里却有实际利益，我们是白费劲儿。"

"我同意你的看法。"锅灶说，"可是，第一，六儿是你兄弟，你应该首先叫他脱离那个坏环境。第二，你家大伯正在打大车，也想要走个人发财的路。这两大障碍，不在别处，就在你们家里，你把克服它们的办法说一说吧。"

"困难就在这里。"四儿真诚地说，"我的父亲根本不听我的话。我问他：你反对党的号召吗？他说：我完全拥护。我说：我们今年冬天打一眼井吧！他说：现在还不忙。这就是我遇到的困难。但是，我绝不在困难面前低头。"

"我可以帮助你。"九儿说，"我的看法和你们不大一样，老人也是可以说服的。在老家，我的父亲就很喜欢我把新道理讲给他听。至于六儿，我们也应该帮助他进步。"

"是啊！"坐在她后面的那些姑娘们，半天没人言语，现在像有人指挥着的合唱队一样，一齐喊叫出来。

"帮助六儿进步，这又是一个难题。"锅灶笑着说，"那个叫小满儿的，对他的吸引力，要比团强烈得多。"

姑娘们反对他这种看法。

"不信，你们就去试试，看能不能把六儿从她那边拉过来。"锅灶无可奈何地从台上走下来说。

散会以后，他们歌唱着各自回到自己的家里去，九儿被姐妹们拉去一块儿睡觉。锅灶家里人口多，房屋少，每年冬天是和四儿做伴的，这样便于共同学习和互相辩论。他们一同回来，四儿喂好牲口，在灶台上捡了几块早饭剩下的凉山药，和锅灶分吃了，两个人就去钻被窠。

"被窠好凉啊！"锅灶笑着说，"既没有柴烧炕，又没有小媳妇给暖暖，我们太困难了！"

"战胜它吧！"四儿一边吸着冷气，一边说，"要想打光棍儿，就得有这样一种克服困难的精神！"

"你认为我们一定打光棍儿吗？"锅灶说，"据我看，那可不能过早的下结论哩！"

红马在外间屋里吃草，它虽然口齿老了，但那嚼草的声音，还像斩钉截铁一样铿锵。两个青年很快就睡着了，月亮把清水一样的光亮，洒到他们的窗子上来。

十

这时，六儿和小满儿，还没有离开那所空场院。鸽子，六儿早已抓到。他从树上滑下来，小满儿把他拉到一个大麦秸垛后边，两个人埋在绵软温暖的麦秸里。小满儿掏出红绒绳儿，把两只外国种鸽子的翅膀别起来，欢乐地抚弄着它们。一会儿叫它们亲嘴儿，一会儿，又叫它们配对儿。

"卖了它，给你买一件棉袄。"六儿对她说，"见面分一半，何况你帮了我不少的忙。"

"你和我的交情并不在吃穿上面。"小满儿认真地说，"给那位九儿，买一件吧。"

"为什么？"六儿问。

"就为她那脸蛋儿长得很黑呀，"小满儿忍着笑说，"真不枉是铁匠的女儿。"

"人家生产很好哩，"六儿说，"又是青年团员。"

"青年团员又怎样？"小满儿说，"我在娘家，也是青年团员。他们批评我，我就干脆到我姐姐家来住。至于生产好，那是女人的什么法宝？"

"什么才是女人的法宝？"六儿问。

小满儿笑着把头仰起来。六儿望着她那在月光下显得更加明丽媚人的脸，很快就把答案找了出来。

当黎明以前，天空弥漫着浓雾，树枝、草尖和柴垛的檐顶上结满霜雪的时候，六儿和小满儿才决定回家。他们站起身来，各自掸扫着头发和衣服上的草末儿，发见那珍贵的外国种鸽子，有一只压死在小满儿的身下了。那是一只大蓬头的雄鸽，六儿把它托在手里，表示了非常的沉痛。在这一时刻，他愿以任何代价挽回这只鸽子的逝去的生命，但是，它的心脏确实停止跳动了，翅膀下面的部分也发了凉。

回到黎大傻的家，大门和房门都是虚掩着。小满儿和六儿在这样晚的时候同时进来，也没有引起她姐姐的任何惊怪，而黎大傻好像根本就没有听见似的，在自己的被窠里呼呼地鼾睡着。

小满儿告诉姐姐，今天夜里，她同六儿捉鸽子去了，并且说六儿正为一只鸽子被压死难过哩！

"那有什么难过的？"姐姐在被窝里笑着说，"烫一烫，拔了毛剁剁，又省下四两牛肉！这样冷的天，我以为你两个抽空儿去干点正经事儿哩，倒去捉鸟儿玩了。唉！你们快到炕上来，钻进我这被窝里暖和暖和吧。"

她说着，把自己的热被窝让了出来，光着身子爬进黎大傻的被窝里去了。

等到天明，六儿从这一家出来，在门口遇到了鸽子的主人杨卯儿。

杨卯儿个子不高，打扮得很利落，他的脑袋很小很尖，戴一顶毡帽头儿，还显得分量过重。他那脑袋不停地上下颤动着，两只又圆又小的眼睛，非常灵活地转动着：

"六兄弟，起来得早啊！"

"你也早。"六儿垂头丧气地说，"有什么事情吗？"

"来找你。"杨卯儿把两只手插进短袄上的褡包里，"咱弟兄平日交情不错，你把鸽子还给我吧。今年它们下了蛋，孵出第一窝，我就送给你，我这人说话算话。"

六儿没有答言。

"不然，"杨卯儿上前一步，"我近来玩好了一只抓兔子的鹰，现在正是行围射猎的时候，我可以把它送给你。"

六儿还是没有话。

"如果你要钱——其实咱兄弟们不过这个,"杨卯儿的嘴唇抖颤着,脑袋扭向一边,"也可以。你先把鸽子给我,我慢慢去筹划。"

"回头再说吧,"六儿拔腿就要走,"我吃饭去。"

"怎么!"杨卯儿的两眼急得发出蓝光,"你素日为朋好友,对我这样不讲交情?你趁早把鸽子还给我,不然,你就是霸占!"

"什么叫霸占?"六儿站住,回过头来问。

"霸占我的鸽子,还霸占有主儿的青年妇女。"

"你看见了?"六儿问。

"有人亲眼看见,不然,我们就抖搂出来!"杨卯儿喊叫着说。

"你抖露出来,又怎样?"黎大傻家的门子一响,小满儿站了出来。她显然是刚刚梳妆打扮好,脸上的粉脂还没有擦匀,她倒背着手在门框上一靠,面对着杨卯儿。"我倒要看看你能抖露出什么来?你有什么证据吗,你抓住了男的,还是抓住了女的?你说呀!别他妈的大清早起在这里满嘴喷粪了,小心我过去拿大耳光子拍你!"

十一

　　杨卯儿原先也是一个卖针头线脑儿的货郎小贩。过去，每年腊月，他到保定府贩些女人年节用的物品，过铁路到山地里去卖。关于他在西山做买卖，很有一些奇异的传说。这些传说，都带有很大的浪漫性质。但是，多年来他并没有发了财，现在，在他身边遗留下的，只有那时用过的一把沙胎蓝釉小水壶。

　　前几天，县里介绍了一位从省里来的干部到村里来。这位干部，从各方面看，都像一个高级干部。在解决住房问题的时候，却使得村干部们觉得他有些古怪和不近人情。按照习惯，像这样的干部，应该住在村干部或是积极分子的家里，那样在相互接近和负责保卫上，都会便利一些。但是，这位干部提出要住在一个普通的人家，并且说除去先进的方面，他还要看看村里落后的部分，这就使得村里的负责同志有些踌躇，以为他负有什么特殊的使命，前来私访。而那位惯出古董主意的副村长，竟顺水推舟，把他领到杨卯儿的家里来了。

杨卯儿是个光棍儿，最初，对来客很表示欢迎，在炕上腾出一段地方，虽然那一段地方是属于炕的寒带。这位干部身体弱，在屋里又生起了一个小煤火炉。

"杨同志，火闲着也是闲着，能不能借把铁壶来，弄点开水喝呀？"干部说。

"不用去借，咱家里就有。"杨卯儿说着就从桌子底下的横板上，取出他那把水壶，到瓮里注上水，坐在炉口上。

"这是把瓷壶呀，能坐水吗？"干部问。

"这壶好就好在这里。"杨卯儿说，"瓷面沙胎，在火上坐水，就像沙吊儿一样，又快又不漏。"

但是炉口马上被水洇湿，一个劲儿嘶嘶地响。最初干部以为刚从瓮里提出，是带来的水。后来提起一看，壶底裂了好几道缝，这缝被火一烤，裂得更宽了，不但水喝不成，而且有火灭的危险。干部说：

"不行啊，杨同志，壶实在漏了，不能用。"

"不漏！"杨卯儿睁大一双小圆眼睛说，"我说不漏就不漏。"

"那不是明明在漏吗？"干部说。

"在我这屋里，你住着不合适。你搬到别人家去吧。"杨卯儿二话不说，就宣布了逐客令，这真使得干部大惑不解了。

干部指给杨卯儿看：一大滴一大滴的水，从壶底漏下来，漏到火里，嘶，嘶，嘶嘶！

杨卯儿连头也不转过来。

干部只好卷起铺盖，找了带他来的副村长去，把事情发生经过讲了一遍，副村长笑着说：

"同志，你要看村里的落后部分，我不知道杨卯儿，能不能算是一个典型？关于他的出身历史，我还可以向你介绍一些比较详细的材料。我年轻的时候，和杨卯儿搭伴儿做小买卖。像你看到的，和这样一个人作伙计，是最困难不过的了。他抬硬杠，一根筋，死赖账，翻脸不认人。但是他对西山的地理很熟，哪一条道儿也摸得清，我就忍着气和他做伴。每年，他都是吃净赔光才肯回来的。他赔光，不是好吃懒做，也不是为非作歹，只是为了那么一股感情上的劲儿。他进了山，就像打猎的进了林一样，专门要找好看的女人。至于什么女人叫丑叫俊，那全看对不对他的眼光。这个人，凡是他的东西，都是好的，别人不能批评的。他喜欢的，死小鸡子也是凤凰。每年他总会遇到一个美人儿。一旦发现了这个美人儿，他就哪里也不再去，只到这个庄儿上来。不管刮风下雨，只坐在这家门口儿上去卖货。你想，一个小庄儿上，能销多少货物？坐吃山空，他就这样赔光了老本儿。一年冬天，他又发现了美人儿。这家人住在一个高山坡上，那女人我也见到一次背影儿，倒是长得不错，穿一身干净蓝衣服，头发梳得光光的，在后面盘成一朵圆花。杨卯儿被她迷住了，一直到腊月二十几，我要回家了，他还是每天到那庄儿上去，在人家门口，一坐就是一整天，饥了就吃些干粮，提起他那把小壶，喝些冷水。他一个劲儿地摇动他那小鼓，小鼓两边的皮都打穿了，人家那女的再也不出来。有一天，他实在忍不住，跑到院里去摇，正遇上人家男人从山上回来，扯起扁担把他赶出来，把他的货箱、水壶踢到山坡下面。他是从山上滚下来的，头破血流，摔晕了过去。我赶到那里，把他救活过来，替他拾掇好东西。看了看，别的东西损失不大，就是小水壶裂了缝。我说：杨卯儿你的壶破了。他当时就很不高兴地说：没破，顶多是有点惊纹儿。我说，对，是惊纹儿，就像你这脑袋上的裂口一样！同志，杨卯儿的性格就是这样。他直到现在，还在想念那个女人，说那女人对他是有心思的，只是那男的不愿意。你不要见怪，我们另找房子搬家吧！这村里还有一处落后的地方……"

　　杨卯儿一生，还从来没有看见过长得这样好看的女人，他立刻被小满儿那红白焕发的容光惊呆了。他的两只脚，像冬天雪地上的麻雀一样向前跃动着，上身不动，小脑袋直伸向前。他现在的形象，和他的名称相反，正像在木匠的斧头锤击下，亢奋地塞进木脐眼儿里去的尖锐的木楔一样。他上下反复地打量着小满儿的全身，他倾听着她的斥责，就像知罪的宗教徒接受天谴一般。

　　但是，对他说来像乐曲一样的声音，突然停止，小满儿一摔门子进去了。

十二

黎老东的大车的铁匠工序，正式开始了。铁匠炉安设在新买来的宅院里。早晨，天晴得很好，六儿的鸽群在天空飞翔着。

黎老东最后修整着车的上装，在他心里，只等铁匠完工，就可以开始油漆了。傅老刚把铁匠炉点着，一股浓烟翻转着升向天空，然后折下来在庭院里散开。九儿拉着风箱，四儿被派练习抡大锤。

黎老东把几年来积累的烂铁和新买来的铁料，搬到炉下来。

九儿今天穿得很单薄，上身只穿了一件蓝色夹袄，她把擦脸的毛巾绺起来，齐着脑门把头发捆住，就像绣像上孙悟空戴的戒箍一样。她的脸色是更显得明朗了，充满了工作之前的热情和虔诚，轻捷而又稳重地推动着风箱。

傅老刚炼好第一块铁，用大铁钳夹着放在铁砧上，四儿赶过去抡起大锤。傅老刚用小锤敲点着砧子边教导着他，他还是不能用最适当的力量打在最适当的地方，有时把锤空落在砧子上，有时竟打在傅老刚的小锤上。九儿放下风箱把，来打给他看，在她的热心的示范和帮助下，四儿抡锤的技术，开始进步了。

黎老东在一边做着木匠活，注意力主要放在这边来了。他不断地斥责着四儿，说他笨，没有出息，唠叨不休。傅老刚在休息的时候，走到黎老东的身边说：

"亲家，我看你的脾气变坏了，对孩子们不能这样。这样不能使他工作得好，反会使他工作得更坏。他工作着，你一个劲儿斥责他，他的脚手就不知道往哪里放了。"

"你怎么说这样的话，你不是说管孩子应该严格些吗？"黎老东说，"打制这辆车是我心上的大事，早打成一天，好早一天用它去赚钱。亲家，让我们老兄弟把最好的手艺都施展出来吧！"

建立友情，像培植花树一样艰难。花树可以因为偶然的疏忽而枯萎。在黎老东和傅老刚这一次合作里，两个人心里都渐渐觉得和过去有些不一样。过去，两个人共同给人家做工，那是兄弟般的，手足般的关系。这一次，傅老刚越来越觉得黎老东不是同自己合作，而是在监督着。赶工赶得过紧，简直连抽袋烟，黎老东都在一旁表示着不满意。最使他闷气的是，自己远道赶来，黎老东却再也不说九儿和六儿的事，好像他从前没提过似的。

最后几天，黎老东只是穿着大皮袄，在院里察看着，指点着；六儿也打扮得像个客人似的，有时来在院里转悠一下，就不见了。傅老刚身体有些不舒服，在这样冷的天气里，他穿着一件破旧的小衫，还是辛勤地工作着。天天，有些参观的人，来到院里，这些人都是傅老刚的旧相识、老朋友。过去，他们来是同时观赏黎老东和傅老刚的手艺的；今天，在这些人的眼里，傅老刚的手艺，和黎老东的家业，被分别了出来。人们不再注意黎老东的木匠手艺，在新的形势下面，只在关心他的发家致富的前途。

两个老朋友，显然已经站在不同的地位上。黎老东完全觉到了这一点，傅老刚很快也完全觉到了，这就是我们的悲剧产生的根源。傅老刚感到，过去多年来，他和黎老东共同厌恶、共同嘲笑过的那种"主人"态度，现在是由他的老朋友不加掩饰地施展起来了，而对象就是自己。这当然不是新的社会制度的过错，而是传统习惯的过错。

当铁工也接近完成，一次吃饭的时候，黎老东忽然笑着说：

"亲家，我过日子越来越细了，你不要笑话我，我要积些钱给六儿他们把房子盖好。我想，你是不争这些的。"傅老刚以为他要提说九儿和六儿的事了，抬起头来听着，谁知道下文却是这么一句："这些日子，就当你们是在老家度荒年吧！"

最后一句话，十分激怒了傅老刚，他把饭碗一推，立起身来，说：

"亲家，我不是到你这里来逃荒的！"

他叫出女儿来，提起水桶，泼灭了炉灶。他打整好小车，推到了街上来。很多人来劝说，老头儿说什么也不回去。

两位老朋友的决裂，村里人都说不出那真正的道理。在四儿和九儿那经历较少的身世里，也还没有体验过这样伤心的事情。傅老刚是感到十分痛苦的，他把四儿叫到一边说：

"孩子，你看，这到底是怨谁呢？"

"这样正好。"四儿说，"你给我们解决了难题。"

"什么难题？"傅老刚问，"你这小子倒要看我们两个老头子的哈哈笑吗？"

"我们青年要组织一个钻井队。"四儿说，"在今年冬天，把我们村里能利用的水井都钻好下管。我们已经借到一杆锥。很多工具需要修理，我们想请你帮忙，又怕我爹不让。这样一闹，

"亲家，我不是到你这里来逃荒的！"

你就可以去帮助我们了。"

"你们有钢有铁？"傅老刚问。

"我们每人捐献一些，就够用了。"四儿说，"我们把小车，拉到青年团办公的大院里去吧。"

到了那里，青年们对老人说：

"大伯，我们是多么需要你啊！你再不要回山东老家。我们和村干部商量好了，把这院里的东屋给你拾掇出来，把窗子糊好。你就在这里常住吧，晚上我们抱柴来给你烧炕。"

十三

　　黎老东一个人呆呆地坐在院里一截木头上。当傅老刚决绝地推车出门的时候，他心里也曾经想：这样的交情，断绝了也好。你晒不了我黎老东的干儿，剩下的活，我会找别人来帮助，天下又不是只有一个铁匠。他拿起斧头来，气愤地锤击着车尾板上的大钉。但是，当他渐渐平静下来，听到只有他的斧头声音，在空旷的院落里回响，失去了亲切的钢铁的伴奏的时候，他忽然不能工作了，把斧头放在一边，坐了下来。他想，同傅老刚的交情，不是一年二年建立起来的，而且经过多次患难的考验。他用手抚摸着左边这一只脚。有一年，他同傅老刚给一家做活，他心情不好，一时失手，这只脚被锛砍伤了。那时离家在外，举目无亲，手里没有多少钱。在自己养伤的几个月的时间里，是傅老刚请医生，花药钱，背出背进，给水给饭。当然，这也报答过他了。同一年热天，傅老刚被热铁烫伤，自己曾经服侍了他。

他难过的是，究竟为了什么，傅老刚这样决绝？是他看我过得好些了，心里嫉恨？但想来想去，傅老刚从来也不是这样的人。是我变得嫌贫爱富，慢待了多年的朋友？他回忆着在这一段日子里，自己的言谈举动，他的痛苦就被惭愧的心情搅扰，变得更加沉重了。

这时六儿走了进来。黎老东抬头望着自己的儿子，在儿子的身上脸上，只能看见一层不成材的灰败的气象。他一时想到：自己这二年，一心要打车，要盖房，得罪亲友，都为的是他！而这个孩子，只知道自己玩乐，从来也没有想想当父亲的心情。

"做熟饭了，爹？"六儿站在窗台下太阳地里，懒洋洋地问。

"做熟了，就等你了！"老头儿跳了起来，抡着斧子赶过去。

六儿眼快，回头就跑。他刚才在街上又和杨卯儿争吵了一次，杨卯儿知道了那只雄鸽的死亡，要找黎老东来说理。六儿在门口碰上他，向他作个揖说：

"卯儿哥，咱们的事儿别闹了。你快去劝劝我爹，他要打死我哩。"

杨卯儿生来经不住别人半点奉承，一句好话。仓促之间，他把这个委托应承下来，他快步向前，在梢门洞里，举起胳膊拦住了黎老东：

"看在侄儿面上，"杨卯儿说，"回家去，有话慢慢说。"

他把黎老东推进院里，给他找了一个坐物，又递给他一支香烟，自己蹲在一边，慢慢劝说着：

"快把车装制起来，别错过这个冬季，正是赚好钱的时候啊！你看见黎七儿了，一趟定州就是几十万，除去人吃马喂，三趟就可以盖座大砖房。老东叔，西村有座砖房要卖，价钱公道，你倒是有意思没有？"

"没有意思。"黎老东说，"我的心凉了。"

"谁家的老人也是这样。"杨卯儿说，"最恨小人儿不争气。我爹活着时，你们交情好，是知道的，管我管得多么紧？在我身上费了多大力？我当然不能说给他老人家挣来了多少光荣，平心而论，一辈子也没有给他老人家丢过什么脸面呀！咱是个正直人，从小儿走南闯北，打抱不平，为朋友两肋插刀，花钱从不分你我。到老来没落下什么，不是我不能干，是命里穷苦。六儿兄弟，我看不错，为人聪明懂事，就是荒唐点儿，这也是年轻人必经之路，你快把车打整起来，交给他，一有正经事儿，他也就不胡跑了，你说是不是？"

黎老东的气渐渐消了，杨卯儿又把他引到原来的思路上。这时四儿回来了，他一声不言语，到屋里给牲口筛了两底儿草，手里提着一件什么东西，叫棉袍掩盖着，躲躲闪闪地又要出去。

"你手里提的什么？"黎老东问。

"一把破铁锹。"四儿只好站住，把东西亮出来。

"哪里来的这个，我这些日子到处找烂铁，你怎么不言语？"黎老东又挂了火。

"这是那年拆日本炮楼，我捡来的，因为没有用，就扔在一边了。"四儿说，"现在上级号召打井，我想去修理修理它。"

"他妈的，整个儿的六国反叛！"黎老东说着站起来，"从哪里拿的，还给我放回哪里去。上级号召打井，我号召打车！人家不给我干了，你快去做饭，吃饱了帮我上钉子！"

杨卯儿又赶过来劝解，四儿只好先去抱柴做饭，再慢慢想法把铁锹运出去。

十四

　　九儿所想的，吸收六儿参加学习或是参加工作，都是很困难的事。他轻易不接近这些集会和活动。干部去找他，他会说现在是生产第一，装模作样地背上一副柴禾筐，溜溜达达到地里去了。干部们也曾讨论先从改造小满儿入手。接近小满儿是容易的，但男青年们不愿意去，有的是胆怯，有的是避嫌疑。当然，女同志们也可以和她去谈。女同志去了，小满儿总是热情地招待着，如果抱着小孩，她总得给孩子弄些好吃的东西来，并且要接到怀里，不停地在孩子的脸上亲亲吻吻。任何认生或是任性的孩子，到了小满儿的怀里，也会高兴起来的，孩子的脸也会叫她的充满青春热情的面孔，陪衬得更为出色。她会说，说笑起来，嘴上像撩上油儿似的。在这种场合，女同志们都是有些喜欢她，在批评上，那口气就自然软和多了。

"小满儿，拿着你这样聪明伶俐的人儿，好好学习学习吧；晚上，我来叫你，我们一块到民校听课去。"女同志热心地说服着。

"那很好，"小满儿笑着说，"我盼不能的愿意去学习呢。不用大姐来叫，黑灯瞎火，道路又不好走，你抱着个孩子，跌倒怎么办？我自己去吧，这个村子，街道都叫我磨平了，谁家我不认识呀！"

"你可一定去。"女同志又叮咛一句。

"一定。"小满儿把她送到门口，又和孩子招手耍笑着。等到女同志一拐弯儿，她把脸一沉，想了想，到家里换上件衣服，就进城回娘家去了。如果村里有什么运动，连续开会，她会几天几夜不露面儿。有时，她也到民校晃晃。她总是坐在灯光不亮的地方，在讲课刚开始，人们安静不下来的时候，她装作安静地听讲。当人们渐渐入神的时候，她就偷偷溜出来了。

无论在娘家或是在姐姐家，她好一个人绕到村外去。夜晚，对于她，像对于那些喜欢在夜晚出来活动的飞禽走兽一样。炎夏的夜晚，她像萤火虫儿一样四处飘荡着，难以抑止那时时腾起的幻想和冲动。她拖着沉醉的身子在村庄的围墙外面，在离村很远的沙岗上的丛林里徘徊着。在夜里，她的胆子变得很大，常常有到沙岗上来觅食的狐狸，在她身边跑过，常常有小虫子扑到她的脸上，爬到她的身上，她还是很喜欢地坐在那里，叫凉风吹拂着，叫身子下面的热沙熨帖着。在冬天，狂暴的风，鼓舞着她的奔流的感情，雪片飘落在她的脸上，就像是飘落在烧热烧红的铁片上。

每天，她在夜深人静的时候，才回到家里去。她熟练敏捷地绕过围墙，跳过篱笆，使门窗没有一点儿响动，不惊动家里任何人，回到自己炕上。天明了，她很早就起来，精神饱满地去抱柴做饭，不误工作。她的青春是无限的，抛费着这样宝贵的年华，她在危险的崖岸上回荡着。

而且，她的才能是多方面的，谁都相信，如果是种植在适当的土壤里，她可以结下丰盛的果实。不管多么复杂的花布，多么新鲜的鞋样，她从来一看就会，织做起来又快又好。她的聪明，像春天的薄冰，薄薄的窗纸，一指点就透。高兴的时候，她到菜园里生产，浇起园来，可以和最壮实的小伙子竞赛，一个早晨把井水浇干。她可以担八十斤的豆角儿走出十里去上市。在这个时候，连村里一些老年人，都称赞她，希望有一种力量，能把她引纳到人生的正轨上来。今年，村里宣传婚姻法的时候，这女孩子忽然积极起来。她自动地到会，请人读报给她听，正正经经地沉默着，思想着。在那些文件上说明：女人和男人是平等的，她们已经做了很多工作，将来还会对国家有更大更多的贡献。但后来听到有些人，想把问题引到检查村里的男女关系，她就退了出来，恢复了自己的放荡的生活方式。因此，副村长向青年们提议，把那位高级干部带到黎大傻的家里。

这一天，她的母亲来了。这是一位到了五十多岁年纪，还在热心打扮的女人。可以看出在探看女儿的这次行动上，她曾经在头面上做了很细致的准备。她见到小满儿，就说：

"满儿，你男人快回来了，你婆婆找到咱家去，眼下就过年，你该到人家那里去住些时候了。"

"我不去。"小满儿说，"婚姻是你和姐姐包办的，你们应该包办到底，男人既然要回来，你们就快拾掇拾掇上车走吧。"

"你他妈的说的这是什么话？"母亲说，"你在这村里疯跑，人家有闲话哩！"

"既是闲话，"小满儿坐在炕沿上低着头整理着鞋袜说，"我管它干什么，叫他们吃了饭没事，瞎嚼去吧！"

"名声不好听哩，"母亲拍着巴掌，"我的小祖宗。"

"名声不好听，"小满儿跳下炕来对着镜子梳理着头发，直眉立眼地说，"也不是从我开始，是你们留给我的好榜样呀！"

她这样和母亲冲突，使得姐姐也不高兴了，姐姐说：

"小满儿，你不要胡说八道，谁给你留下的榜样？你够得上当我的徒弟吗？看你和小六儿，恋了一冬天，连条新棉裤也穿不上，还有脸犟嘴哩！"

"你先去挣一条来给我穿吧！"小满儿打整好，一摔门帘出去了。

她一个人走到她姐姐家的菜园子里，这个菜园子紧靠村西的大沙岗，因为黎大傻一家人懒惰，年久失修，那沙岗已经侵占了菜园的一半，园子里有一棵小桃树，也叫流沙压得弯弯地倒在地上。小满儿用手刨了刨沙土，叫小桃树直起腰来，然后找了些干草，把树身包裹起来。她在沙岗的避风处坐了下来，有一只大公鸡在沙岗上高声啼叫，干枯的白杨叶子，落到她的怀里。她忽然觉得很难过，一个人掩着脸，啼哭起来。在这一时刻，她了解自己，可怜自己，也痛恨自己。她明白自己的身世：她是没有亲人的，她是要自己走路的。过去的路，是走错了吧？她开始回味着人们对她的批评和劝告。

十五

　　她看见姐姐送着母亲走出村来，她才绕道儿回到家里去。到家里，看见黎大傻正帮着一个干部收拾屋子，小满儿惊奇了，她知道姐姐家因为落后、肮脏和名声不好，是从来没住过干部的。他们收拾的是东房的里间，这间屋里堆着一些烂七八糟的东西，外间，喂着一匹很小的毛驴。

　　她看见姐夫在这位干部面前，表现了很大的敬畏和不安，他好像不明白为什么村干部忽然领了这样一位上级来在他的家里下榻。他不断向干部请示，手足不知所措地搬运着东西。

　　小满儿看来，这位干部的穿着和举止，都和他要住的这间屋子不相称。从他的服装看来，至少是从保定下来的。他对清洁卫生要求很严格，自己弯腰搜索着扫除那万年没人动过的地方。小满儿不知道为什么忽然愿意帮帮他的忙，她用自己的花洗脸盆打来水，用手在那尘土飞扬的地上泼洒。

"你是这家的什么人？"那位干部直起身来问。

"她是我的小姨子。"黎大傻站在一边有些得意又有些害怕地说。

"啊，你就是小满同志。"干部注视着她说，"村干部刚才向我介绍过了。"

"他们怎样介绍我？"小满儿低头扫着地问。

"简单的介绍，还不能全面地说明一个人。"干部说，"我住在这里，我们就成了一家人，慢慢会互相了解的。"

干部在炕上铺好行李，小满儿抱来茅柴，把锅台扫净，把锅刷好，然后添上水，说：

"这屋里长年不住人，很冷。我给你烧烧炕吧。"

"我来烧。"黎大傻站在她身边说。

小满儿没有理他。她把水烧热了，淘在洗脸盆里，又到北屋里取来自己的胰子，送进里间：

"洗脸，你自己带着毛巾吧？"

晚上，干部出去开会，回来已经夜深了，进屋看见，小小的擦抹得很干净的炕桌上面，放着灌得满满的一个热水瓶；一盏洋油灯，罩子擦得很亮，捻小了灯头。摸了摸炕，也很暖和。

他听见北屋的房门在响。黎大傻的老婆，掩着怀走进屋来。她说：

"同志，以后出去开会，要早些回来才好。我们家的门子向来严紧，给你留着门儿，我不敢放心睡觉。"

说完，就用力带上门子走了。

干部利用小桌和油灯，在本子上记了些什么。他正要安排着睡觉，小满儿没有一点儿响动地来到屋里。她头上箍着一块新花毛巾，一朵大牡丹花正罩在她的前额上。在灯光下，她的脸色有些苍白，她好像很疲乏，靠着隔山墙坐在炕沿上，笑着说：

"同志，倒给我一碗水。"

"这样晚，你还没有睡？"干部倒了一碗水递过去说。

"没有。"小满儿笑着说，"我想问问你，你是做什么工作的？是领导生产的吗？"

"我是来了解人的。"干部说。

"这很新鲜。"小满儿笑着说，"领导生产的干部，到村里来，整年价像走马灯一样。他们只看谷子和麦子的产量，你要看些什么呢？"

干部笑了笑没有讲话。他望着这位青年女人，在这样夜深人静，男女相处，普通人会引为重大嫌疑的时候，她的脸上的表情是纯洁的，眼睛是天真的，在她的身上看不出一点儿邪恶。他想：了解一个人是困难的，至少现在他就不能完全猜出这位女人的心情。

"喝完水去睡觉吧！"他说，"你姐姐还在等你哩。"

"他们早吹灯睡了。"小满儿说，"我很累，你这炕头儿上暖和，我要多坐一会儿。"

干部拿起一张报纸，在灯下阅读着。他不知道，这位女人是像村里人所说的那样，随随便便，不顾羞耻，用一种手段在他面前讨好，避免批评呢？还是出于幼年好奇和乐于帮助别人的无私的心。

"你来了解人，"小满儿托着水碗说，"怎么不到那些积极分子和模范们的家里，反倒来在这样一个混乱地方？"

"怎样混乱？"干部问。

"你住在这里，就像在粮堆草垛旁边安上了一只夹子，那些鸟儿们都飞开，不敢到这里来吃食儿了。"小满儿说，"平日这里可没有这样安静。平日，每到晚上，我姐姐的屋里，是挤倒屋子压塌炕的。"

"这样说，是我妨碍了你们的生活。"干部说，"明天我搬家吧。"

　　了解一个人是困难的，至少现在他就不
能完全猜出这位女人的心情。

"随便。"小满儿说，"我不是杨卯儿，并没有攀你的意思。我是说，你了解人不能像看画儿一样，只是坐在这里。短时间也是不行的。有些人，他们可以装扮起来，可以在你的面前说得很好听；有些人，他就什么也可以不讲，听候你来主观的判断。"

她先是声音颤抖着，忍着眼泪，终于抽咽着，哭了起来，泪珠接连落在她的袄襟上。

干部惊异地放下报纸。但是小满儿再也没讲什么，扯下毛巾擦干了眼泪，稳重地放下水碗，转身走了。

整个夜里，黎大傻并不来给小毛驴添草，小毛驴饿了，号叫着，踢着墙角，啃着槽帮。耗子们因为屋里暖和了还是因为添了新的客人，也活动起来，在箱子上，桌面上，炕头和窗台上吱叫着游行。

干部长久失眠。醒来的时候，天还很早，小满儿跑了进来。她好像正在洗脸，只穿一件红毛线衣，挽着领子和袖口，脸上脖子上都带着水珠，她俯着身子在干部头起翻腾着，她的胸部时时摩贴在干部的脸上，一阵阵发散着温暖的香气。然后抓起她那胰子盒儿跑出去了。

十六

铁匠炉在新的场所生起来。

"这回，我要当掌作的。"九儿对青年们说，"我们是青年钻井队么！"

"拥护你。"青年们说，"我们轮流抢大锤、拉风箱，叫大伯站在一边指点着就行。"

青年们捐献来的钢铁是零碎的、破旧的，它们曾经多年埋没在角落里、泥土里，现在要经过锻炼，铸接在一起，形成一杆尖利的，能钻探地下，引出泉水来的铁钻钢锥。在青年们看来，这就像要把他们各人的高涨的热情，铸炼成一股共同建设国家的力量一样。

九儿的脸，被炉火烘照着，手里的小锤，叮当地响在铁砧上。这声音，听来是熟悉的。因为，她已经不是初次接触这种沉重的劳动了。在她的幼年，她就曾经帮助父亲，为无数的战士们的马匹，打制过铁掌和嚼环。现在，当这清脆的锤声，又在她的耳边响起的时候，她可以联想：在她的童年，在战争的岁月里，在平原纵横的道路上，响起的大队战马的铿锵的蹄声里，也曾经包含着一个少女最初向国家献出的，金石一般的忠贞的心意！

当然，她可以想到更早一些的日子，她可以用今天的工作来纪念她那贫苦终身、中年丧命的母亲。当母亲生下她来，把她放在炉边的一条小炕上，她就昼夜听到这种劳动的声响了，母亲站在风箱前面，给她哼着催眠歌曲。或者说，当她还同母亲是一个躯体的时候，母亲就带着她从事这种沉重的工作了。

现在，热汗在严寒的早晨，透过了她单薄的衣服。这种同自己的伙伴们在一起，按照集体讨论的计划来工作，对她来说，还是第一次。这些青年伙伴们，在工作面前是争着做，抢着做的，是互相关怀和协同动作的。因此，九儿感到特别振奋和新鲜。据她看来，父亲也是振奋的，在他那漫长的劳苦和跋涉的一生里，现在的工作场景是做梦也不曾梦见过的啊！

当青年们在田野里工作的时候，平原上已经降过了初雪。中午，雪在附近的沙岗上闪烁着，慢慢融化着。在普遍秋耕过的土地上，泛起一层潮湿的松土。但是天气已经大冷了，大地在早上和晚上都要封冻。

青年钻井队的高大的滑车，在平原上接二连三地树立起来了。它们给漠漠的平原，添上了一种新的使人向往并能诱发幻想的景色。它们使人想起飘扬的旗帜，使人想起外国故事里的风车，使人想起车站的水塔，矿山的竖井，都市里高大建筑的木架。青年人为开发水源，勤奋地工作着，他们的歌声和空中的滑车一同旋转飞扬着。

四儿、锅灶和九儿是一个小组，他们带来些干粮、小米，中午从坟地里砍些蒿草，捡些树枝，在井边烧起饭来。

"你是知道的，"四儿对九儿说，"我们这里是平原，可是村子的三面，都叫沙岗包围起来了。西边这条沙岗，从山地流过来，它的流沙比河水泛滥还厉害。每到春天，整天刮着遮天盖地的黄风，黄沙会滚滚地跳过墙头篱笆，灌到地里来，灌到菜园子里来。黄沙盖住刚出土的蒜苗、韭菜芽，封住麦垄，埋住小树。每年春季，大风过后，我们就不得不到地里去用笤帚扫，甚至伏在地下用口吹，使得那被沙子压得发弯发白的嫩芽儿，重见天日。大风把沙子灌进街里，使人像在河滩走路，一陷多深。沙子灌进房门，打破窗户，妇女们每天要从屋里打扫出几簸箕土来。这就是我们的自然环境。上级号召打井栽树，是最适合我们这一带的情况不过了。"

"我们那里是山地，"九儿说，"也是荒旱连年。从我记事起，每年春天，干热的风沙就从西北山谷里吹过来，拼命吹打我们的小屋。我们门前有一条小河，冬天，水还在冰下哗哗地叫，到春天就干得没有了。我们那里，到春天靠糠皮树叶过日子。"

他们交谈着，向往着，如果能从他们这一代，改变了自然环境，改变了人们长久走过的苦难的路程，使庄稼丰收，树木成林，泉水涌注，水渠纵横，那对他们是太幸福了。

这时，在南面沙岗上出现了一幅和他们的谈话非常不相称的景象。六儿右胳膊上架着一只秃鹰，第一个走上沙岗来。随后而来的是黎大傻和他的老婆，夫妇两个每人手里提着一只死兔子，像侍卫一样，一左一右，站在了六儿的身旁，向远处张望着指点着。而在沙岗背后，像隐约的桃枝一样，出现了小满儿的光耀的头面。

"老四，你弟弟越发的不简单，玩起鹰来了。"锅灶说。

"这些人的事，咱弄不清。"四儿说，"和杨卯儿为鸽子吵了架，仇大得不得了。经黎七儿把三个人拉到城里吃了一顿饭，两个人又成了好朋友，把鹰借给六儿了。"

"怎么是三个人呢？"锅灶问。

"小满儿也去了。"四儿说，"那是他们的主心骨，组织中心，行动的指南。离了她是不行的。我还听到一个故事，杨卯儿现在成了黎大傻包子房的老主顾，每天晚上都要吃饱的。黎大傻的老婆对他说：卯儿哥，你只吃得好、穿得好，还不能算是完全翻了身，我要给你介绍一个对象，可是你得请请我。这样，杨卯儿就在城里请了她一次。"

"你能把他叫过来帮我们锥井吗？"锅灶撺掇着。

四儿正在犹豫的时候，那一队人马，早已经从沙岗上退回，折向相反方向，望不见了。

人们惯于把偶然的见闻当作笑谈，并不注意，在当事人的心里，正像千斤石一样沉重。九儿坐在那里，望着空漠的沙岗出神。她继续回忆着幼年时的家乡的影子。在母亲去世以后，她常常一个人坐在小窗的前面。窗外有一棵枣树，因为避风向阳，常常有些小鸟儿在枝头来聚会。鸟儿们玩起来，显得非常亲密。那站在一起，唧唧喳喳的也许就是最亲密的吧，不久，有一只跳到了别的枝头。遇到一阵风，它们竟各自飞散了。门前还有一片小小的苇塘，河水小的时候，那些小鱼儿们聚在一起，环绕着一枝水草，到了夏天河水涨满，谁也不知道它们各自的前程如何！

这些回忆是使人难堪的，容易疲倦的。她站立起来说：

"吃饱喝足了，我们开始工作吧，我来蹬一会儿滑车。"

"小心掉在井里呀！"锅灶笑着说，"你们猜我在想什么？我想六儿的包子不能吃了，净是兔子肉！"

九儿上到滑车上，用力攀蹬着，像一个勤奋的小昆虫在清晨和黄昏的时候工作。滑车滚动着，四儿从井底望着她，一时感到这是一个奇异的动人的少女图像。

她的工作越来越熟练从容，太阳从她的前方，慢慢向西移动。她可以看得很远，可以看到县城南关药王庙前面的两根高矗的旗杆。可以望见旷野里送粪的，捡柴的，放牧牛羊的和整理园地的人。她看见六儿正和小满儿在田野里追逐，听到黎大傻和他老婆的喊叫声音。

在下面工作的锅灶和四儿，也在谈论这件事。

"老四，你的理论高，你给我解释，我们在这里受累受冷地工作，你的老弟在那里带着女人玩耍。在人生这条道路上，是我们走对了哩，还是他们走对了？"锅灶冲着井底喊叫着。

"你提出的这个问题很重要，这是个人生观的问题。"从井里冒出四儿的声音，"你羡慕他们的生活吗？"

"有时候觉得他们讨厌,有时候,也有点羡慕。"锅灶说。

"在他们看来,一定是他们走对了。但是,我一点儿也不羡慕他们。"四儿说,"他们这样生活,有时候,自己也会感到羞耻的,不然,为什么望见我们就躲开了呢?"

"可是,还有一个老问题,他为什么一直不能改变过来呢?"锅灶说。

"这两天,我又把这个问题想了一下,"四儿说,"只凭我们几个人的力量去改造人,是不容易收到效果的。人怎样才能觉悟呢,学习是重要的,个人经历也是重要的,但更重要的是社会的影响。我有这样一个比方,六儿的心,就像我们正在改造的旱地。我们工作得好,可以在这块地上开发出水泉,使它有收成,甚至变成丰产地;可是,四外的黄风流沙,也还可以把它封闭,把它埋没,使它永远荒废,寸草不长。我们要在社会上,加强积极的影响。这就是扩大水浇地,缩小旱地;开发水源,一直到消灭风沙。"

"是的,这是可能的。"九儿在滑车上想,她攀蹬着,一斗子一斗子的淤沙积泥,从井底提上来,她望望井底,新的清澈的水,开始翻冒出来。但是爱情呢?她严肃地思考:它的结合,和童年的伴侣,并不一样。只有在共同的革命目标上,在长期协同的辛勤工作里结合起来的爱情，才能经受得起人生历程的万水千山的考验，才能真正巩固和永久吧。当然，爱情，可以在庄严的工作里形成，也可以在童年式的嬉笑里形成。那分别就像有的花可以开在风平浪静的水面上，有的花却可以开在山顶的岩石上，它深深地坚韧地扎根在土壤里，忍耐得过干旱，并经受得起风雨。

十七

　　那位干部当然不是专为了解人们的生活，才跑到乡下来的。他也抱着一种多年工作积累的热情，愿意帮助一个人。他希望小满儿能在他帮助下，有所改变。他并且想到，只有在学习和工作里，小满儿才能改变。这当然是很困难的，因为他明白，他还没有真正了解她。

　　这天晚上，就是当小满儿行围射猎胜利归来的时候，干部站在院里。黎大傻家是个破大院，西北角破围墙下面，有一个荒废的白菜窖，旁边有一棵半死的老榆树，这棵树长得十分丑陋，它的头顶干枯，树身破裂歪斜，一枝早可以拉下来做柴烧的大横干，垂到邻舍的院里，成了邻家的鸡窠，有几只鸡已经飞到上面，准备过夜了。

　　小满儿回到家来，一点儿也没有带着在野地里奔跑、狂欢、疲累的痕迹。她是在姐姐和姐夫回家以后才回来的，姐夫和姐姐，提回来一只死兔子，两个人浑身是土，疲累不堪，而小满儿好像在进门之前就作了准备，她的身上整齐干净，头发也梳理过了，她用那惯常的轻捷悠闲的步伐，走过干部的面前。

"小满同志。"干部叫住她，"你吃过饭有事情吗？"

"没事，我是个大贤（闲）人。"小满儿笑着说，"干什么吧？"

"今天晚上，青年团员们学习，你也去听听吧。"

"人家叫我听吗？"小满儿狡猾地笑着，"我这个落后分子儿！"

"当然可以听，你先做饭，回头我们一块儿去。"干部说。

小满儿点点头，没有说什么。但是干部可以从她扭转过去的脸上看出，她是如何的不高兴。她抱柴做饭，坐在灶前烧火，不住地用眼角溜撒着，干部一直站在门口。

"同志，你不出去吃饭吗？"小满儿说。

"你多添点米，"干部笑着，"我在你家吃一顿吧。"

"我们家的饭不好。"小满儿说，"你吃不下。"

"不好也一样给粮票。"干部说。他在院里一直站到小满儿把饭做熟。

小满儿这一顿饭，磨磨蹭蹭，费了有做两顿饭的工夫。她几次想从家里跑出去，但凭她的聪明，她知道干部正是防备她逃跑，才在那里监视她，她并且了解到这是一种好意，她装作十分安静地同干部吃了晚饭。

这一顿饭，她的姐夫蹲在外间没进屋，她的姐姐不明白这个干部和小满儿之间，发生了什么问题，也一直在避讳着什么，没有讲话。

吃过晚饭，天已经很黑了。小满儿从被动转为主动，首先放下饭碗说：

"同志，我们走吧。"

走出大门来，小满儿跑在前面，手里拿着一个小手电。

"你有这个家当。"干部说，"太好了。"

"我给你带路，"小满儿说，"我们从村外走吧，可以近一些。"

她从小胡同里往北转到村外来，因为她走得太快，那个手电的光亮太小，加上一闪一晃，干部跟在后面，反而什么也看不见，只感到脚下绊绊磕磕。

小满儿飞快地跳过一个矮沙岗，贴着寨墙里面往东走，这一带都是软沙，有很多刨了树的大坑，干部深一脚，浅一脚，跌跌撞撞，只好慢走，以便脱离她的领导，并避免了她那手电的扰乱。

"走快点儿啊！"小满儿说，"人家一定上课了，我们不要迟到。"

"你带的这是什么路？"干部半开玩笑地说，"这不是正路。"

"什么是正路？"小满儿说，"只要抄近儿就好。小心，这里有一眼井，你可千万别掉下去。"

干部小心地扶住辘轳架，从井边沿过去，然后是一陡坡，小满儿跳了下去，干部差不多是滑了下去。

"小心，篱笆。"小满儿侧着身子从荆棘之间闪过去，荆棘挂住了干部的衣服。

"给你吧。"小满儿回头把手电交给干部。她仍然在前面走着，从堆着很多破砖乱瓦的道路上，走进了一座大庙的后门。这座大庙，干部是参观过了的，当他们在大殿中间走过时，干部用手电照了照那站在两旁的，歪歪斜斜，缺胳膊少腿或是失去了眼珠的罗汉们，小满儿毫不在意地走过去，她的脚步放慢了。她说：

"同志，你没有赶过四月初八的庙会吧？这个庙会太热闹了。那时候，小麦长得有半人高，各地来的老太太们坐在庙里念佛，她们带来的那些姑娘们，却叫村里的小伙子们勾引到村外边的麦地里去了。半夜的时候，你到地里去走一趟吧，那些小伙子和姑娘们就会像鸟儿一样，一对儿一对儿地从麦垄儿里飞出来，好玩极了。"

"那有什么好玩的？"干部说。

"我也是听人说的，"小满儿说，"那么热闹的时候，我并没有赶上。抗日的时候，这村的游击队很英勇，他们站到第三层大殿上，有的就坐在神像的头顶上，放哨和阻击向这里扫荡的敌人。庙里的尼姑替他们搬运子弹，现在她们都还俗了，有一个最年轻最漂亮的，是副村长的儿媳妇。"

"这些抗日的故事很好。"干部说。

"那么，"小满儿停下来，转回身说，"我们不要去开会了，回到家里去，我给你讲一晚上故事吧！"

干部摇了摇头。

"他们不会斗争我吧？"走出大殿，小满儿小声问。

"绝对不会的。"干部说，"你想到哪里去了？"

"有一个尼姑，曾经吊死在这里。"小满儿指着大殿前面的一棵大树说，"因为恋爱不自由。活着的时候，我见过她，她会吹笙，长得也很好。"

干部没有说话，有一阵风扫过树尖和屋顶。

"我害怕。"小满儿忽然转回身来，几乎扑到干部的怀里，她的声音抖颤着，干部听到她的牙齿发出"得得"的打击声音，他扶住她，用手电一照，她的脸色苍白，眼睛往上翻着。她说着听不明白的话，眼里流出泪来。

"怎么回事？"干部慌了手脚。

"我看见了她，我看见了她！"小满儿大声喊叫。

"歇斯底里！"干部心里说，"没想到她有这种病症！"

听到喊声，第一个从街上跑到大庙里来的是六儿，他给杨卯儿送了一只兔子去，回来路过这里。直到六儿进来，干部才感觉到，他现在的处境，很容易引起别人的怀疑。在这样黑的夜晚，在这样荒无人烟的地方，在他的身边，一个女人发生了这种情景。他向六儿说明他同小满儿来到这里的经过。

"你救救我！你背我家去！"小满儿听到六儿说话，发出了这样的呻吟。

"好，"干部说，"你帮忙背背她吧，你知道她的住处吗？"

"知道。"六儿说着蹲下来，拉起小满儿的两只手，放到肩上。小满儿仍然在哭泣，眼泪滴在六儿的脖子里。走到街上，她安静了，她噘起嘴来轻轻地无声地吹嘘着六儿的脖子后面。起初，六儿也有些害怕，但等到她偷偷地把嘴唇伸到他的脸上，热烈地吻着的时候，六儿才知道她并没有发生什么意外。

十八

　　六儿出车，黎老东看成是一件头等隆重的事件。自从把车打成，他运用毕生的工作经验，使油漆在冬季提前干好。晚上，他特备了酒菜，把黎七儿请来，对他说：

　　"七兄弟，我把六儿和这辆新车交给你，你要好好带动他，把你半辈子跑车的经验教给他，叫他在正道上走，不要翻车跌跤。"

　　黎七儿一口答应，并且说：

　　"不用大哥挂念，我不能眼看着叫他吃亏。我们这次打算到石门，大叔，你看拉些什么货物回来？"

　　"自然是拉什么利大，就拉什么。"黎老东说，"你看着吧。可是，因为是新打的车，头一趟可不要拉煤。"

　　"可是，"黎七儿笑着说，"冬季还就是拉煤利钱大。到那里看吧，要不就装点儿杂货。"

酒喝到半醉的时候，黎老东又向黎七儿说了这些话：

"七兄弟，我知道，在土改的那段日子里，你和我们有些隔膜。可是，我一直并不认为你是一个富农，我一直评你是个上中农。你爷爷，你父亲那两辈，当然是富农。可是自从你弟兄们分了家，你主要是跑车，雇人不多，要评成富农，我觉得有点够不上，要说是中农，好像又冒点尖儿，当时的争论，就在这上面。"

"过去的事情了，"黎七儿说，"当时，我就是心疼我那匹骡子。后来，我变卖些东西，又把它买回来了。咱成分不好，就不愿在村里见人。现在跑着车，我的生活，你看见了，也还过得去。坦白地说，人只要有能力办法，不种园子地，也能吃香喝辣！我不省着细着。平日在家，你知道，黎大傻家卖什么我吃什么。出门打尖下店，不是闷饼就是炸酱面；出店上车，整瓶子好酒在怀里一掖，什么时候想喝了，就低头来一口。"

"我就是佩服你。"黎老东说，"那些别的户都倒下了，就是你站起来得快。"

黎七儿走了以后，黎老东几次起来喂牲口。鸡叫头遍，他就叫醒六儿，装好草料。套车时，他帮着摆正辕鞍，结好肚带，抹足车油。天不明吃了早饭，六儿把车赶到街上来。早起站在街上的人，都称赞这辆新车。黎老东在车的前面倒着走，有时用脚填平道辙，不断地指挥着六儿。

出村，黎七儿的双套大车，赶在前面。杨卯儿要到石门去办年货，坐在他的车上。出了寨墙口，黎七儿摇动鞭子，把车轰开，跟着跑了几步，然后一蹿身，坐了上去。他回头望望六儿，六儿也照黎七儿的样子蹿上了车。黎老东在村边望着，望着六儿的车转过大沙岗，才转回身来。

在十字街口，村长拦住了他，和他说了希望他加入合作社的事。为了打破他的顾虑，村长还热心地向他介绍了别的村庄办社，对于牲口车辆的折价办法。这些话，黎老东好像全然没有听进去，他往家里走，从别人看来，他那一直兴奋得意的步伐，忽然变得焦躁和不安了。

车辆转过大沙岗，突然停下来。小满儿怀里抱着一个小包裹，坐在一棵老杨树下面等候着。她站起来，爬到六儿的车上去了。

然后，黎七儿大声说笑着，摇动长鞭。两辆大车的后面，扬起了滚滚的尘土。

十九

    每天，九儿回到家里，傅老刚已经做好了饭。知道女儿做的是重活，老人还是按照打铁时的习惯，做小米干饭。每天，父女两个坐在里间炕上，守着一盏小煤油灯吃着晚饭。

    这两天，父亲注意到女儿很少说话，他以为她是太疲累了。他说：

    "今天，有几个互助组，给我们拿来一些工钱，这些日子，我帮他们拾掇了一些零碎活儿。我不要，他们说我们出门在外，又没有园子地里的收成，只凭着手艺生活，一定要我收下。我想眼下就要过年了，你也该添些衣裳。"

    "不添也可以。"女儿低着头说，"过年，我把旧衣裳拆洗拆洗就行了。爹的棉袄太破了，应该换一件。"

    "我老了，更不要好看。"父亲说，"村长和我说，他们几个互助组，明年就要合并成合作社。村长愿意我们也加入，说是社里短不了铁匠活儿。我说等你回来商量商量，你帮我想想，是加入好，还是不加入好。"

"我愿意加入。"女儿笑着说，"这是最好不过的事。"

"我也是这么想。"父亲兴奋地说，"当然我们可以回老家去参加。可是，这里的工作更靠前一步，我们和这个村子又有感情，就在这里参加也好。村长还说，他们也希望六儿家参加，那样，社里有铁匠也有木匠，工作方便得多。可是黎老东正迷着赶大车，不乐意参加。这些日子，我总见不到六儿，你见到他了吗？"

女儿没有说话。

"你不舒服吗？"父亲注意地问，"怎么看你吃不下？"

"不。"女儿说，"我只是有点儿累。"

她到外间去收拾锅碗。

"我和黎老东吵翻了。"父亲在里间说，"这只是一人一家的问题，只是两个老头子的问题，算不了什么。你不要把这件事情放在心上。"

"我没有放在心上。"九儿说，"今年冬天，我看着爹的身体不大结实，我希望爹多休息休息。"

"你不要惦记我。"老人笑着说，"我这病到春天就会好起来的。今天晚上不开会，收拾好了，你早点睡觉去吧！"

九儿给父亲铺好炕，带上屋门，到女伴们那里去。

今天夜里，天晴得很好，月亮很圆，很明净，九儿在院里停站了一会儿，听了听，父亲在吹灯躺下以后，并没有像往常那样咳嗽。她的心情也明快平静下来，她觉得她现在的心境，无愧于这冬夜的晴空，也无愧于当头的明月。她定睛观望，好像是第一次看清了圆月里那只小兔儿的可爱的活泼的姿态。

二十

　　童年啊，你的整个经历，毫无疑问，像航行在春水涨满的河流里的一只小船。回忆起来，人们的心情永远是畅快活泼的。然而，在你那鼓胀的白帆上，就没有经过风雨冲击的痕迹？或是你那昂奋前进的船头，就没有遇到过逆流礁石的阻碍吗？有关你的回忆，就像你的负载一样，有时是轻松的，有时也是沉重的啊！

　　但是，你的青春的火力是无穷无尽的，你的舵手的经验也越来越丰富了，你正在满有信心地，负载着千斤的重量，奔赴万里的途程！你希望的不应该只是一帆风顺，你希望的是要具备了冲破惊涛骇浪、在任何艰难的情况下也不会迷失方向的那一种力量。

一九五六年初夏

附　　录

关于《铁木前传》的通信①

阁纲同志：

昨天收到《鸭绿江》评论组转来的你写给我的关于《铁木前传》的信。说是等我的复信写好了，一同在刊物上发表。

这当然是叫我作文章。但是，我首先问候你的病体，祝你早日康复！

近两三年来，在我写的短小文章里，谈到我自己的地方太多了。我自己已觉得可笑，这样急迫地表现自我，是一种行将就木的征象吧！

其实，作家表现自己，这是不足为奇的，贤者也不免的。真诚的作者，并不讳言这一点。而作品之能具有一些生命力，

① 此系孙犁1979年10月1日给阁纲1979年9月24日来信的回复。

恐怕还离不开这一点。

你以为小说里就没有作家自己吗？那是古今中外，都无例外，有。

《铁木前传》里，也有我自己，以下详谈。这几年我谈了自己的不少作品，但就是没有谈这本书，在写给一个地方的自传里，我几乎把这本书遗漏了。因为，这本书对我说来，似乎是不祥之物，其详情，请你参看拙著《耕堂书衣文录》此书条下。

初看到你的来信，我还是无意及此。但是我很为你的热心和盛情所感动。今天早晨起来，才有了一些想法。

这本书，从表面看，是我一九五三年下乡的产物。其实不然，它是我有关童年的回忆，也是我当时思想感情的体现。

我下乡的地方，村庄叫作长仕。这个村庄属安国县，距离我的家乡有五十里路。这个村庄有一座有名的庙宇，在旧社会香火很盛。在我童年时，我的母亲，还有其他信佛的妇女，每逢这个庙会，头一天晚上，煮好一包鸡蛋，徒步走到那里，在寺院听一整夜佛号，她们也跟着念。

但我一直没有到过这个村庄。这次我选择了这个村庄，其实不只没有了庙会，寺院也拆除了，尼姑们早已相继还俗；其中最漂亮最年轻的一个，成了村支部书记的媳妇。

在这个村庄，我住了半年之久，写了几篇散文，那你是可以在《白洋淀纪事》中找到的。

其中有两篇，和《铁木前传》有关。但是，我应该声明，小说里所写的，绝不是真人真事，所以无论褒贬，都希望那里的老乡们，不要认真见怪。

创作是作家体验过的生活的综合再现。即使一个短篇，也很难说就是写的一时一地。这里面也不会有个人的恩怨的，它是通过创作，表现了对作为社会现象的人与事的爱憎。

读者可以看到，《铁木前传》所写的，绝不局限在这个村庄。许多人物，许多场景，是在我的家乡那里。在这个村庄，我也没有遇到木匠和铁匠，当我来到这个村庄之前，我还在安国城北的一个村庄住过一个时期，在那里，我住在一位木匠家里。

我的写作习惯，写作之前，常常是只有一个朦胧的念头。这个念头，可能是人物，也可能是故事，有时也可能是思想。写短篇是如此，写长篇也是如此。事先是没有什么计划和安排的。

《铁木前传》的写作也是如此。它的起因，好像是由于一种思想。这种思想，是我进城以后产生的，过去是从来没有的。这就是：进城以后，人和人的关系，因为地位，或因为别的，发生了在艰难环境中意想不到的变化。我很为这种变化所苦恼。

确实是这样，因为这种思想，使我想到了朋友，因为朋友，使我想到了铁匠和木匠，因为二匠使我回忆了童年，这就是《铁木前传》的开始。

阎纲同志：在我这里，确实没有"情节结构的特点，以及这种形式独特奥妙之处"。你把这本小书估价太高。

需要申述的是，所谓朦胧的念头，就是创作的萌芽状态，它必须一步步成长、成熟，也像黎明，它必然逐步走到天亮。

小说进一步明确了主题，它要接触并着重表现的，是当前的合作化运动。

一种思想，特别是经过亲身体验，有内心感受的思想，可以引起创作的冲动。但是必须有丰富的现实生活，作为它的血肉。

如果这种思想只是抽象的概念，没有足够的生活基础，只能放弃这个思想。为了表达这种思想，我选择了我最熟悉的生活，选择了最了解的人物，并赋予全部感情。如此，在故事发展中，它具备了真实的场景和真诚的激情。

我国文学艺术的现实主义传统，是非常丰富，非常值得学习、值得珍贵的。这个传统的特点之一，就是真诚，就是文格与人格的统一和相互提高。

投机取巧，虚伪造作，是现实主义之大敌。不幸的是，这样的作品，常常能以其哗众取宠之卑态，轰动一时。但文学艺术的规律无情，其结果，当然是昙花一现。

我们目前应该特别强调真正的现实主义，至于技法云云，是其次的。批评家们应该着重分析作品的现实意义及其力量，教给初学者为文之法的同时，教给他们为文之道。

所答恐非所问。

祝

好

孙　犁

一九七九年十月一日

附①：

孙犁同志：

久未向你问安，不知起居、视力情况如何？甚念。

几个月前，从维熙同志来，询问《文艺报》将要讨论中篇小说《大墙下的红玉兰》的计划。他说到同你的通信，我们要了来准备发表。事先想征得你的同意。不料，我胃里长的肿瘤须立即住院手术，同你联系的事，请编辑部同志代为办理。探悉你已经同意发表了，我以为很好。

《文学短论》收到，它还是原来素净雅致的装束，一上眼觉得很舒服，谢谢！

我这次住院前后，读了一批中篇。近来中篇创作开始活跃，原因可能有五：一, 三中全会后思想解放运动的推动；二, 短篇创作和话剧创作的带动；三, 大型刊物纷纷创刊提供了阵地；四, 这种形式比长篇省力，又较短篇有容量，能及时地讲述较曲折的故事和塑造典型人物；五, 读者欢迎，因为它不像读长篇那么费时，又比读短篇"解馋"。我认为，不论从锻

---

① 此系评论家阎纲1979年9月24日写给孙犁的信。信中表达了他对《铁木前传》艺术风格的欣赏赞叹。

炼作者或供应读者各方面考虑，中篇的创作，需要鼓励和提倡。我想呼吁一下。

为了研究一下中篇创作的问题，如人物刻画的特点，情节结构的特点，以及这种形式独特奥妙之处，我学习了《阿Q正传》《铁木前传》和你的《关于中篇小说》。前天刚读完《铁木前传》，昨天就收到这期《新港》，读到滕云同志的论文，颇觉有益。论文的作者确实抓住了作品的新鲜之处，发掘了作品的美的东西，我很愿意读这样的文章，希望这类文章多起来。

为了思考中篇写作问题，阅读了《铁木前传》。但读完之后，它教给我的东西还要多些。读这种作品，一点不吃力，因为它是那样诚挚、率直、多情和富于奇异的表现力。我进入一个生活境界、艺术境界、作者和读者完全平等的境界，远离"政治"却不知不觉透出爱憎的境界。然而，它绝不是"轻音乐"。它是风云的时代中人情世故的生动写真。如音乐之悦耳，却非一味的轻松。当一部文学作品，它的作者的政治与艺术高度融合之后，人们看到的既不是政治，也不是艺术，而是生活，生活的美。

描写是如此简洁、隽永、秀丽。然而，决不刻意雕饰。你把白描的手法运用到炉火纯青的程度，你把绚烂的五彩去霞，用清澈见底的水色映衬了出来。你寥寥几笔就可以使人物神情毕见的手法，实在高超。你运用文字经济到了极点。"绚丽之极，归于平朴"，你把聪明和文采藏在平朴的背后。"红装素裹"就是孙犁的艺术形象。

你在处理叙述和描写，高大与平凡，政治与生活，正写与侧写，烂漫与朴素，人物与事件，表扬与批评，爱与憎，恨敌人与恨铁不成钢，人的完整性与复杂性，理智与感情，生活的直录与诗意的发掘，高调与强音，动辄说教与平等待人等等关系方面，形成了自己特有的艺术风格。你的这种已经成熟了的艺术风格，在历经动乱的文坛上，显得分外动人。

你的作品、艺术方法和风格，特别是你用极省俭的笔墨活现人物内在感情的绝技，使我一直惊叹不止，但又不敢妄加评论。我以为那里面的道理很深，深海探珠，尚须一番苦苦钻研的功夫。

忽而兴起，写了一堆幼稚的话。为了向你表示问候，不意劳了你的精神。

你已进入老年，到了介绍自己创作经验的时候，大家早就有此愿望。盼快些动笔，我已经等不及了！

　　谨祝

健康

　　　　　　　　　　　　　　　　　　　阎　纲

　　　　　　　　　　　　　　　　　　1979.9.24

（选自阎纲评论集《小说创作谈》，人民文学出版社，1980 年版）